KB084570

이미 어른이 된 당신에게

벌써 커버린 우리들에게

여전히 오늘은 씁니다

여전히 오늘은 씁니다

서민재 지음

서문
- '쓰다'의 쓰임

"

여전히 오늘은 씁니다

"

제목을 보고 무엇을 떠올렸나요? 오늘 하루도 씁쓸했나요? 일을 뒤집어쓴 듯 바쁜 하루는 아니었나요? 괜한 일에 마음 쓰진 않았나요?

숨이 차도록,
많이도 애썼을 당신의 오늘이 궁금합니다.

우리말 '쓰다'엔 뜻이 참 많습니다. 맛이 쓰다, 돈과 시간을 쓰다, 글을 쓰다, 이불을 뒤집어쓰다 등. 그렇다면 '쓰다'로 바라본 우리의 일상은 어떤 모습일까요? 이 말은 우리에게 어떻게 다가올까요?

한동안 이 말을 유심히 관찰했습니다. 그리고 여러 '쓰다'를 만났습니다.

1부는 인생 쓴 맛에 대한 이야기입니다. 삶과 행복에 대한 글을 모았습니다.

2부는 남 일을 뒤집어 썼던, 예스맨으로 살아온 과거를 후회하며 준비했습니다. 직장과 일에 대한 경험을 글로 풀어보았습니다.

3부는 사람과 물건을 쓰는 이야깁니다. 우리 주변의 살아있는 것과 죽어있는 것의 용도에 대해 썼습니다.

4부에선 글 쓰는 행위에 대한 개인적 경험과 생각을 적어보았습니다. 나를 찾고 꿈을 찾는 이야기이기도 합니다.

아, 부록도 준비했으니 끝까지 즐겨주세요.

쓰지 않은, 쓰지 않는 삶은 없습니다. 조금씩 다르지만 우리네 삶은 씁니다. 우리는 가끔, 또는 자주 괴롭지만 특별할 것 없는 일상이 소중하기도 합니다.

함께 '쓴 삶'의 의미를 곱씹어보았으면 좋겠습니다. 계속 씹다보면 삶의 참맛을 발견할지도 모를 일입니다.

어느 오월에

서민재

차례

2부

그러다 독박 쓰는 수가 있어

3부

사람 고쳐 쓰는 거 아니다

4부

대충 쓰면 어때

부록

또 다른 '쓰다'

1부

인생 참 쓰더라

쓰다

1. 형용사 혀로 느끼는 맛이 한약이나 소태, 씀바귀의 맛과 같다.

2. 형용사 달갑지 않고 싫거나 괴롭다.

3. 형용사 몸이 좋지 않아서 입맛이 없다.

유의어 쓰디쓰다 괴롭다

반의어 감미롭다 달다

엘리베이터에서

- 그의 뒷모습은 고단했다

어느 10월, 저녁 약속 장소로 향하는 길이었다. 의외로 쌀쌀한 날씨에 옷깃을 여미며 걸음을 재촉했다. 친구와 만나기로 한 식당이 있는 건물로 들어갔다.

학원가 건물이었다. 이곳을 찾은 이유도 연령도 다양한 사람들을 만날 수 있는 그런 데 였다. 밥을 먹거나 학원에 가기 위한 발걸음이 가득한 동네였다.

약속 장소는 5층. 나는 엘리베이터를 찾았다. 지하에서 올라온 엘리베이터를 잡아탔다. 거기엔 노부부가

타 있었고, 나와 낯선 학생이 같이 오르게 되었다.

초등학교 3~4학년 정도로 보이는 그 남학생은 제 등 짝 보다 큰 책가방을 메고 있었다.

5층까지 이동하는 시간이 길게 느껴졌다. 일면식도 없는 타인과 함께 엘리베이터를 타는 일은 나이가 들 어도 익숙해지지 않는다. 어색함을 참지 못한 나는 스 마트폰을 꺼내 들었다.

"하이고. 요새 애들은 하늘 볼 새도 없다는데…"

짧은 침묵을 깨는 노신사의 이야기였다. 나와 같이 엘리베이터에 올랐던, 검정 가방을 메고 바닥을 응시 하던 학생을 겨냥한 말이었다. 혼잣말 같기도 했다.

"암만 바빠도 별도 보고, 산에 나무도 보고 그래-애."

학생은 당황스러운지 들릴 듯 말 듯 대답했다. 어린 학생의 뒷모습에서 삶의 고단함이 느껴졌다. 엘리베이터가 3층에 이르자 학생은 조용히 내렸다. 3층은 온갖 학원이 몰려있는 층이었다.

목적지인 5층에 내려 친구와 저녁을 먹는데 마음이 편치 않았다. 안타까워하던 노신사의 이야기가 귓전에 맴돌았다.

밥을 먹다 말고 갑자기 궁금해졌다. 그 학생이 저녁은 먹었는지, 아니면 때웠는지. 그도 아니면 굶었는지. 괜히 미안한 마음이 들었다.

약속을 마치고 집으로 가는 길. 나의 학창 시절을 떠올렸다. 밤늦게 집으로 돌아가던 고3의 나는, 완벽하게 검은 하늘 아래서 서영은의 <혼자가 아닌 나>를 중얼거렸다. '힘이 들 땐 하늘을 봐'라고 했는데, 올려다보니 눈물만 나왔다. '비가 와도 모진 바람 불어도 다시 햇살은 비추니까'라고 했는데, 그럴 것 같지 않았다.

왜 이렇게 힘들게 살아야 하는지, 무엇을 위해 열심히 공부하는지, 다들 이렇게 살아가는지 누군가에게 묻고 싶었다. 그런데 그렇게 밖에 살 수 없는 사회를 물려준 것 같아 그 학생에게 미안했다.

  만약,
  그 학생을 다시 만나게 된다면 속삭여 말해주고 싶다.

  저녁은 거르지 말라고.
  가끔은 하늘을 올려다봐도 괜찮다고.
  자주 하늘을 볼 수 없는 세상이어서 미안하다고.

어른들이 담배를 태우는 이유
 - 니코틴 중독 너머의 이유

"담배 태우나?"

  사회에 나와서 종종 듣는 질문이다. 호구 조사를 하 듯, 남자 어른들은 이렇게 묻는다. 나는 변명의 여지없 이 대답한다. 아뇨. 익숙해서 그런지 대답은 자동이다.

  담배를 피워 본 적 없다. 한 번 빨아본 적은 있는데 술에 취한 아빠가 기분 좋게 건넨 장난이었다. 쓰읍. 콜 록. 이걸 왜 펴? 아빠는 허허 웃었고, 나는 베란다를 빠 져나왔다. 그것이 처음이었고 마지막이었다.

군대에선 담배를 피울 뻔했다. 2개월 간 초소에서 꼼짝없이 전방을 감시하는 임무를 맡았는데, 근무가 끝나도 내려올 수 없었다. 초소에서 먹고 자고 했다. 당연히 그곳은 꽤 무료했다. 시간이 느리게 흐르는 그곳의 군인들은 근무 후 탁구와 흡연을 유일한 낙으로 삼았다.

담배를 피워 본 적 없던 나는 담배를 피우는 군인들 사이에서 멍하니 있었다. 간접흡연을 하면서 직접흡연을 고민했다. 모두가 피우는 그곳에서 피우지 않는 내가 유별나 보였다. 담배를 하나 물면 군 생활이 더 나아질 것 같았다.

지금도 담배를 피우시 않는다. 나에게 담배는, 누구의 말마따나, 구름과자 그 이상도 이하도 아니다. 흡연자들의 취향을 긍정하지도 부정하지도 않는다. 당연히 그들이 담배를 피우는 이유에 대해서도 생각해보지 않았다.

그러다 한숨이 늘어가고 걱정이 쌓이고 조금은 어른에 가까워졌다 느꼈을 때, 어른들이 흡연하는 이유에 대해 생각해봤다. 그날은 나도 모르게 한숨을 내뿜는 나를 발견한 날이었다.

사무실 책상에 앉아 운전석에 앉아 한숨 쉬는 나를 발견한 것이다. 그 순간, 어떤 이미지가 머리에 그려졌다. 담배를 태우며 연기를 내뱉는 사람들의 모습.

그 이미지 속 넥타이 맨 회사원들은 말없이 담배를 피우고 있었다. 그들이 쭈욱 빨고 후우 내뱉는 연기는 나의 깊은 한숨과 닮은 데가 있었다. 그들과 나는 분명 닮은 데가 있었다.

어쩌면 어른들은 담배가 아닌 한숨을 위해, 한숨을 내뱉을 그럴듯한 이유를 만들어내기 위해 담배를 피우는 건 아닐까. 이 시대의 금연을 방해하는 건 니코틴 중독이 아니라 삶의 고단함이 아닐까. 이런 생각을 하며 쓴웃음을 태웠다.

그땐 왜 몰랐을까

 - 소중했단 걸

시간이 부족하다. 하고 싶은 건 많은데, 해야 하는 일도 많다. 나이가 들수록 챙길 것이 늘어만 가는 느낌이다. 가족, 생계, 건강 등. 불과 몇 년 전엔 내가 신경 쓸 필요 없는 것들이었다.

  예전에는 누군가 챙겨주었던, 그래서 당연했던 것들. 이제 이것들은 나의 시간과 노력을 필요로 한다. 이게 어른이 되어가는 건가 싶기도 하다.

  물리적 시간의 한계에 부딪히자 시간이 느리게 흘러

가던 시절이 떠오른다. 대학생 땐 시간이 많았다. 수업 시간 이외엔 거의 모든 시간이 자유였다. 시간을 주체하지 못해 허비해버렸다.

대학 졸업 후 십 년이 지난 지금, 전공에 대한 약간의 기억과 졸업장만이 남아있다. 그곳에서 4년 간 나는 무얼 했나. 술을 줄였더라면, 티브이 보는 시간을 줄였더라면, 남에게 잘 보이려는 노력만이라도 줄였더라면….

다시 그 시절로 돌아간다면 도서관부터 가고 싶다. 지금 읽고 싶어도 못 읽는 책을 옆에 쌓아두고 읽고 싶다. 전공 공부도 더 열심히 하고 글도 많이 쓰고 싶다. 그땐 몰랐지만, 그 시절은 정말 소중한 시간이었다.

작년 말. 뒤숭숭한 마음에 소중한 그 시절이 다시 그리워졌다. 너무나 후회되었다. 소중한 시간을 허비했단 생각에 초조함마저 들었다. 다신 오지 않을 소중한 때를 허비한 내가 미웠다.

그러다 생각이 다른 곳으로 미쳤다. 어디서 들은 말인데, 내 인생의 가장 젊은 날이 지금이란다. 그러니 지금을 살아야 한단다.

과거를 후회한다면 지금부터라도 후회할 짓을 안 하면 된다. 지금 당장 변하면 된다. 안 그러면 미래에 또다시 지금을 후회하게 될 것이다. 우리가 공기의 소중함을 잊고 사는 것처럼, 우리는 지금 이 시간의 가치를 평가 절하한다.

그 시간이 얼마나 소중하고 결정적인 시간이었는지 지나고 나서야 알았지만 그래도 괜찮다. 앞으로의 시간이 있으니까. 앞으로의 시간도 충분히 소중하고 먼 미래의 내게 결정적인 시간일 테니까.

내가 십 년 전 그때를 후회하듯이, 십 년 후 지금을 후회하지 않았으면 좋겠다. 그렇게, 앞으로의 십 년을 살았으면 좋겠다.

보약 같은 친구

- 그런 친구가 내게 있는지

무심코 차량에 있는 재생 버튼을 눌렀다. 쿵짝쿵짝. 씨
디 플레이어가 돌아가며 트로트 음악이 흘러나왔다.

자식보다 자네가 좋고
돈보다 자네가 좋아.
자네와 난 보약 같은 친구야.

장인어른께서 넣어놓은 걸로 추정되는 음반이었다.
급작스러웠지만 그냥 들었다. 운전을 하며 노랫말에

집중해보았다. 돈이나 가족보다 소중한, 보약 같은 친구가 내게 있는지 생각해보았다.

결론은? 없는 것 같다. 왠지 있어야 할 거 같은데 말이다. 보약 같은 친구는커녕 친구 자체가 별로 없다. 만남도 뜸하다. 그나마도 상대방이 먼저 연락을 하는 경우다.

사실 난, 타인과의 관계를 맺는 일에 서툴다. 상대방을 만나 어떤 말을 해야 할지 아직도 잘 모르겠다. 직장이든 동호회든 맺어진 관계를 유지하는 건 더 어렵다. 내가 지금 관계를 맺고 있는 사람들과 함께하고, 가족들을 챙기는 것만 해도 벅차다.

어려서부터 친구가 많지 않았고 불편함을 느끼지도 않았다. 이런 내가 부끄러운 적도 있었다. 하지만 이젠 아니다. 그냥 받아들이기로 했다. 나는 남들과 있을 때 에너지가 더 빨리 소진되는, 그래서 약속이 조금 두려운, 그냥 그런 사람인 거다.

사회 부적응자처럼 보이려나. 어쨌든 앞으로도 소수에 집중하고 싶다. 더 적은 사람들과 더 제대로 된 만남을 하고 싶다. 인맥을 관리하고, 관계를 유지해야 한다는 압박 없이 그들과 '편한 사이'이고 싶다.

주소록에 아는 사람은 넘쳐나고, 팔로우 한번에 친구가 되는 세상. 보약 같은 친구 하나 없지만 슬프지 않다.

화무십일홍(花無十日紅)
- 천천히 피는 꽃이고 싶다

열흘 붉은 꽃 없다. 세월의 무상함이나 권력의 유한함
을 비유할 때 쓰이는 말이다. 권력도 젊음도 끝이 있기
마련이다. 오르막이 있으면 내리막이 있단 거다.

어디선가 이 말을 접하고 메모장에 기록해두었다. 가
끔 메모를 뒤적이다 화무십일홍을 만날 때면, 머리가
하얘진다. 정신이 멍해진다. 시들어가는 붉은 꽃과 나
만이 이 세상에 존재하는 느낌이 든다.

꽃에 '내가 가진 것'을 대입해본다. 지금 가진 게 영원할 수 없다면? 가진 것을 아낌없이 소진해야 할까, 아니면 가진 것에 감사하며 살아야 할까.

꽃에 '내 꿈'을 대입해본다. 내 꿈과 성취가 이내 스러질 것들이라면? 더 나아가길 멈춰야 하는 건 아닐까. 어차피 져버린다면 붉은 꽃이 될 필요는 무엇인가.

열심이던 20대 후반에 만난 화무십일홍. 이 다섯 글자는 내게 작은 충격을 주었다. 한창이던 나를 멈추게 했고, 한동안 나는 무기력했다. 화려함을 좇아 살던 나였기에.

영원할 것만 같던 20대가 지나고 30대가 되었다. 화무십일홍의 여진은 여전하다. 열심히 살아 뭐해, 라는 생각이 불쑥 들다가도 다시 고삐를 잡는다.

가끔 다른 꽃들이 지는 것을 목격하며 살아왔다. 신기한 건, 빨리 피는 꽃이 빨리 진다는 것이다. 순식간에 유명해진 연예인은 그만큼 빠르게 잊힌다. 쉽게 번 돈은 쉽게 써 버린다. 번쩍하는 빛은 소리 없이 사라진다. 빨리 오르면 빨리 내려오는 것. 이것이 삶의 작은 진리인지도 모르겠다.

그래서 반짝 스타와 로또 1등이 부럽지 않다. (아주 조금은 부럽다.) 로또 1등 당첨 후 오히려 인생이 망가지는 경우도 많다. 차라리 무명배우로 살아가는 게, 가끔 로또 5등이나 맞는 게 내게 맞는 방식이 아닐까 싶다.

천천히 피는 꽃이고 싶다. 나중에 슬퍼지지 않도록. 붉지 않더라도 긴 시간 동안 꽃이고 싶다.

그렇게 나는, 가늘고 길게 살아내고 싶다.

어른이 되면
좋을 줄 알았다

어른이 되고 나서야
알았다

항상 좋을 순
없단 걸

내게 술은 달지 않다

- 술 안 마십니다

"딱 일 년만 버티면 돼."

　오래전 술을 끊은 절친이 술에 찌들어있던 내게 건넨 말이다. '절주 선언' 초반에는 주변의 술 권유로 힘들지만 일 년만 참으면 주변에서도 '술 안 먹는 사람'으로 인정한다는 얘기였다. 대리운전을 부를 수 없어 누운 절친의 침대에서 나는 결심했다. 술을 끊자고.

"오늘은 한 잔 하지?"

아니, 몇 번을 말해야 돼. 안 먹는다고! 일 년이라는 시간이 무색하게 지독하게 끝까지 권하는 사람은 있었다. 이쯤 되면 권유가 아니라 강요라는 걸 알지 못하는 사람이었다. 많이 나아졌다지만 우리 사회는 아직 술을 권하는 사회다. 지나친 친절이다. 없던 술친구도 만드는 그들의 능력은 가히 초능력에 가깝다.

"원래 술을 먹어야 생기는 거야."

임신 준비 중이라서, 아내와 한 약속 때문에 못 먹는다고 하면 이런 말이 돌아온다. 남의 상황과 감정을 전혀 고려하지 않은 이들의 언행은 폭력이다. 정말이지 술상을 뒤집고 싶다. 타인을 함부로 대하는 사람들은 정말 함부로 대해주고 싶다.

"오늘은 한 잔 해도 돼."

　아니 그걸 왜 지가 결정하냐고. 안 마신다고! 안 마시
는 이유가 있다고! 아니다. 내가 안 마시는 데 꼭 이유
가 있어야 하는 거야? 네가 이유 없이 마시듯, 나도 이
유없이 안 마실 권리가 있는 거야!

"자자, 한 잔 해."

　돌이켜보면 직장 생활을 하면서 술을 많이도 마셨다.
어려서 보던 드라마 속 회식은 낭만적이었지만 현실은
시궁창이었다. 결국, 술 먹고 돌아다니다 행복하지 않
은 내 자신을 발견했다. 그리고 한참이 지나서야 겨우
술을 끊었다.

술을 멈추고 나서야 직장 생활과 개인의 발전에 더 집중할 수 있게 되었다. 이젠 당당하게 말한다. 거절 못 하는 나지만, 술 없인 회식에서 아무 말도 못하는 나지만, 이것 만큼은 확실하게 한다.

"술 안 마십니다. 제게 술은 씁니다. 제게 술은 결코 달지 않습니다."

인생에 정답이 없다는 정답을 얻기까지

- 존재하지 않는 정답과 오답 사이에서

인생(人生), 여기에 정답이 없단 사실을 알기까지 너무 오래 걸렸다. 삶은 모두 그 모습이 다르다. 더군다나 정답과 오답, 옳고 그름을 따질 무엇이 아니다. 하지만 나는 30년 넘게 부단히도 정답을 찾았다.

착한 아들이었다. 부모님 속 안 썩이고 학교 잘 다니고 윤선생 영어도 꾸준히 했다. 엄마가 시키는 대로 하니 밥도 잘 나왔다. 가끔 하던 레고 조립도 오직 설명서를 따랐다. 따라가다 보면 정답이 나왔다. 시키는 대로 하니 작품도 잘 나왔다.

학교는 정답을 찾는 곳이었다. 모든 시험에는 정답이 있었다. 객관식, 주관식은 물론이고 논술형도 나름의 모범답안을 가지고 있었다. 그래서 공부는 불안하지 않았다. 선생님이 시키는 대로 하니 성적도 잘 나왔다.

그런데 사회는 달랐다. 정답 따윈 없었다. 대학을 졸업하고 군대에 다녀와 들어간 직장에서 거대한 막막함을 마주했다. 그 누구도 정답을 알려주지 않았다. 그 어디에도 설명서는 없었다. 딱딱한 매뉴얼을 싸들고 퇴근했다. 종이 뭉텅이를 뒤적이다 잠들기를 반복했다.

정답보다는 철학이 필요했다. 업무에도 나의 생각과 철학이 녹아들어야 했지만 나는 남이 시키는 대로 여기 갔다 저기 갔다만 반복했다. 타고난 본성도 파악하지 못한 채, 일에 사람에 휘둘렸다.

인생의 고비라 생각했던 수능, 군대, 취업. 이들을 마치면 걱정거리가 없을 줄 알았다. 하지만 난, 행복하지 않았다. 어떻게 일하고, 어떻게 살아야 할지 많이 고민했다. 내게 맞지 않는 걸 끊고나서야, 내가 좋아하는 게 무엇인지 아주 조금씩 알아갔다. 나만의 라이프스타일도, 나만의 인생 모범답안도, 이제 조금은 알 것 같다.

똑같은 인생이란 없다. 각자의 상황도 성향도 다르다. 우리 모두는 나름의 가치관을 지니고 살아간다. 모든 삶은 그 맥락이 다르다. 우리 각자의 수만큼 맥락이 다양하기에 인생엔 정답이 있기 힘들다.

이제야 정답이 없음을 안다. 30년 동안 정답을 찾아 헤맨 노력이 억울하진 않다. 따지고 보면, 세상에 정답이 있는 문제는 거의 없다. 우리가 정답이라 부르는 것도 누군가가 잘 세워놓은 이론 속에서만 숨을 쉬는 건 아닌지, 그 마저도 패러다임이 바뀌면 사라지는 건 아닌지, 아주 조심스레 단정 지어 본다.

달면 삼키고 쓰면 뱉기로 했다
- 나에게 가장 충실하기로 했다

씁쓸하다. 어제 먹은 욕의 쓴 맛이 아직 혀끝에 맴돈다. 쓴 기운이 가시지 않는 걸 보면 분명, 이번 치욕은 나를 성장시킬 것이다.

　입에 쓴 약이 몸에 좋다고들 한다. 그러니 직장에서 욕을 먹어도 이는 내 발전의 자양분이다. 니체도 나를 죽이지 못하는 고통은 나를 강하게 만든다 하지 않았던가.

그런데 이상하다. 입에 쓴 게 몸에 좋은 걸까, 몸에 좋은 게 입에 쓴 걸까? 이 둘 사이에 진지한 인과 관계가 있긴 한 걸까? 몸을 위해 입과 혀를 그렇게 혹사시켜도 괜찮은 걸까? 쓴 약을 계속 먹다보면 정신 건강에는 해롭지 않을까….

그들은 이야기한다. 참고 버티라고. 좋은 날이 온다고. 가루약 먹이고 사탕 한 알로 혀속임을 하듯이. 하기야 그들이 만든 시스템이니까. 조직의 기강을 바로잡고 그들의 기득권을 유지해야 할 테니까.

이제는 넘어가지 않으려 한다. 입에 쓴 것이 무조건 몸에 좋다는 논리를 믿지 않으려 한다. 대신 쓰지 않으면서 몸에도 좋고 정신 건강에도 좋은, 그런 것을 찾으려 한다.

달면 삼키고 쓰면 뱉기로 했다. 이것이 나에게 충실한, 나에게 솔직한 방식이라 믿는다. 타인의 눈치 대신 나의 내면을 살피는, 나를 진정 행복으로 이끄는 길이라 믿는다.

2부

그러다 독박 쓰는 수가 있어

쓰다

1. 동사 모자 따위를 머리에 얹어 덮다.

2. 동사 얼굴에 어떤 물건을 걸거나 덮어쓰다.

3. 동사 먼지나 가루 따위를 몸이나 물체 따위에 덮은 상태가 되다.

유의어 뒤집어쓰다 받다 덮어쓰다

반의어 벗다

그건 제가 할 일이 아닌 거 같은데요
- 내가 하는 일의 가치

허드렛일에 대해 생각한다. 직원 체육대회에서 주전이 되지 못해 주전자를 나르던 나를 생각한다. 어떤 사람이 하는 일은 그 사람의 가치 정도를 의미하지 않을까. 특히나 무가치해 보이는 일을 하고 있을 때, 나의 가치에 대한 의문이 든다.

"동영상 편집 좀 할 줄 아나?"

어느 오후. 어슬렁어슬렁 걸어온 상사가 내게 물었다.

갈등했다. 한다고 말할까 못 한다고 말할까. 도대체 또 무슨 일을 시키려는 속셈일까.

"아, 유튜브 한다고 했지? 그럼 잘하겠네."

망했다. 나는 이미 동영상 편집을 잘하는 사람이 되어있었다. 결국 상사의 허드렛일을 맡게 되었다.

그는 말했다. 어젯밤 3차로 7080 라이브 카페에 가서 찍은 동영상이 마음에 들지 않는다 했다. 동영상을 세로로 찍었는데 자꾸 가로보기가 된다고 했다. 이걸 편집해서 본인이 보기 편하게 만들어 달라는 부탁이었다.
부탁인지 업무 전달인지 구분이 되지 않았다. 그는 상사이기에. 어려운 일은 아니었지만, 바쁘게 일하는 사람에게 갑자기 불쑥 내미는 이것이 과연 부탁이 맞나 싶었다. 안 그래도 바쁜데 지나치게 사적인 부탁을 받는 게 몸서리치게 부담스러웠다.

"그건 제 일이 아닌 거 같습니다."

　목끝까지 올라온 말을, 결국 내뱉었다. 심장이 두근
거렸다. 상사는 조금 당황하는 듯했다. 아 자네 말이 맞
지, 하고 본인 자리로 돌아갔다. 사무실 분위기가 싸늘
해졌다.
　속이 후련했다. 하지만 곧바로 후회했다. 내가 지금
무슨 말을 한 거지. 아 이제 내 직장 생활은 망했다. 나
는 두 눈을 꼭 감았다.

　눈을 떴다. 여전히 사무실이다. 아까의 상사는 아직
내 앞에 있다. 카톡으로 방금 보냈어, 하고 그는 자리로
돌아갔다. 나는 카톡으로 색소폰 연주자의 동영상을
받았다. 7080 라이브 카페의 그것이다. 초점은 흔들렸
고, 영상 속 술 취한 사람들의 탄성이 오고 갔다.
　내 컴퓨터에 동영상 편집 프로그램부터 설치했다. 동

영상을 컴퓨터로 옮겼다. 그리고 몸서리치게 하기 싫은 영상 편집 작업을 시작했다. 사무실의 정적은 나를 위로해 주지 못했다.

겁쟁이의 고백

- 꼭 그렇게 뒤집어씌워야만 했냐

너무 부끄러워 하지 않으려던 이야기다.

　패 오래전 일이다. 대학생 때, 괜찮은 주말 알바를 찾다가 지인의 소개로 일자리를 얻었다. 학기 중엔 평일 알바가 어려운 터라 반가웠다.

　집 근처 마트에서 하는 '주차 관리 요원' 알바였다. 누구나 이름만 대면 아는 대기업 마트였다. 당시 그 지방에 처음 생긴 마트여서 많은 사람들이 몰렸다. 주차 요원 수요도 많아졌다. 대기업 입사는 하늘의 별 따기라는데, 대기업 알바되기는 땅바닥 돌 줍기 만큼 쉬웠다.

첫날, 직원 교육을 아주 짧게 받았다.

"안녕하세요, 고객님. 차량 주차는 이쪽입니다-아."

슉슉. 딸랑딸랑. 담당 관리자는 현란하고 익숙한 손짓으로 차량 유도법을 알려주었다. 긴 팔이 허공에서 왔다 갔다 했다. 딸랑딸랑 손을 흔드는 마무리도 잊지 않았다. 내가 손님이었을 때 마트에서 자주 보던 몸짓이었지만 직접 하려니 입도 몸도 떨어지지 않았다.

일은 쉽지도 어렵지도 않았다. 주차 공간이 빈 곳으로 차량으로 유도했다. 당시 그 지역에 처음 생긴 마트여서 주말 손님이 많긴 했지만 아주 고되진 않았다. 30분 근무에 30분 휴식이어서 휴식 시간도 나름 보장되었다. 야외 주차장이어서 여름에 얼굴이 금세 까매진다는 것만 빼면 괜찮았다. 그렇게 몇 달간 일을 했다. 사건이 터지기 전까지 말이다.

　사건 당일. 그날도 평소와 다름없었다. 오후의 뜨거운 태양 아래에서 청춘을 불태우고… 아니, 팔을 슉슉 젓고 있었다.

　마트 특성상 여성 운전자, 여성 고객님 비율이 높았다. 그래서 빈 주차 공간이 어딨는지 수신호로 알려주는 일 외에 파킹 자체를 유도하는 경우도 있었다. 가끔 대신 주차해달라는 고객님도 있었지만 하지 않았다. 면허가 없는 관계로.

　종종 작은 심부름을 부탁받기도 했다. 고객님이 넘겨주는 빈 카트를 받아 원래 자리에 가져다 놓았다. 몇 시냐고 물어보면 알려드리고, 몇 살이냐고 물어보면 알려드렸다. (내가 몇 살인지가 왜 궁금했을까?) 고객님을 위해 최선을 다해 이리저리 뛰어다녔다.

비록 시급을 받는 알바였지만 나는 '주차 관리 요원'이었다. 나름의 책임감과 자부심으로 내가 있는 주차 구역을 관리했다. 누가 알려준 적은 없지만 고객님을 위한 서비스에 나름의 노력을 다했다.

그런데 말이다. 만약 마트 주차장에서 뺑소니 사고가 난다면 '그 요원'은 어떻게 해야 할까?

"쾅!"

누가 알려준 적 없고, 내가 상상해 본 적도 없는 상황이 내 앞에서 벌어졌다. 한 고객님이 쇼핑을 마치고 차량을 빼다가 반대편에 있는 차량을 박았다. 나에게서 20미터쯤 떨어진 거리였다. 내가 근무하던 시간, 내가 관리하던 주차 구역이었다. 내가 "어…" 하는 사이 그 차량은 순식간에 주차장을 빠져나갔다.

근무 교대까지 5분 정도 남아있었다. 이미 떠나버린 '가해 고객님'(이하, 가객님)을 잡아올 수도 없었기에 망연자실하게 서 있었다. 반대편 차량 주인인 '피해 고객님'(이하, 피객님)이 나올까 두려웠다. 머릿속에 갖가지 생각이 들었다. 그냥 도망치고 싶었다.

근무 교대 시간이 거의 다 되어 내가 방심했는지도 모르겠다. 두려움에 떨며 자책하는 사이 5분이 훌쩍 지나갔다. 다음 근무자가 내 쪽으로 걸어왔다. 내가 가객님을 잡지 못했으니, 이 상황에 대해서라도 알려줘야 할 것 같았다. 하지만 입이 떨어지지 않았다.

그렇게 찜찜하게 근무 교대를 했다. 휴게실로 걸어가는 길. 멀리서 한 고객님이 걸어오는 게 보였다. 피객님이었다. 약속이나 한 듯, 피객님이 나타났다. 피객님은 방금 나와 교대한 근무자를 불렀다. 거기까지만 보고 나는 고개를 돌렸다. 내가 만든 상황에서 도망쳤다.

주차 담당 관리자가 불려 가고 CCTV를 돌려본다는 이야기가 들려왔다. 나는 값없이 고개를 숙였다. 내가 호출되나 싶었지만 불려 가진 않았다. 나는 한번 더 그 상황에서 도망쳤다.

  누군가는 책임을 물었을 것이다. 누군가는 나 대신 뒤집어썼을 것이다. 나는 겁쟁이였고, 비겁했고, 비열했다. 그날 이후, 난 주차 요원 일을 그만 두었다. 완벽한 도망이었다.

  그 알바가 내게 무엇을 남겼냐고 묻는다면 양심의 가책과 검게 그을린 얼굴을 남겼다고 말하겠다. 남에게 뒤집어씌우는 최초의 경험과 검게 그을린 양심까지도.

  너무 어렸고 너무 두려웠다는 말은 하지 않겠다. 너무나 부끄럽고 너무나 사죄하고 싶다. 10년이 넘게 지났지만 시간이 잘못을 가릴 수는 없다. 그때로 돌아간다면, 내가 자초한 상황에 책임을 지는 사람이 되고 싶다.

돌고 돌아 나는 다시 그 마트에 다닌다. 나는 알바에서 고객이 되었고, 마트는 주차 요원이 필요 없을 정도로 한산한 지점이 되었다. 내가 몸 담았던 마트는 예전의 영광을 찾아보기 힘들다.

  왜 이리 한가하냐고 묻는다면, 주변에 워낙 많은 마트들이 생겨서라고 말하고 싶다. 내가 친 사고 때문이 아니라고 말하고, 그렇게 믿고 싶다.

나는 승진하지 않기로 했다
- 스스로를 잃지 않기

당신이 어느 술자리에서 이렇게 물었다 치자.

"선배, 승진하려면 어떻게 해야 하죠?"

생각보다 식상한 답변이 돌아올지 모른다. 누구보다 성실하게 남이 싫어하는 일을 도맡아 하고, 그러면서 인사고과를 챙겨야 한다. 윗사람들의 부름에 응답할 줄 알아야 한다. 전문성을 키우고 라인을 잘 타는 것도 잊으면 안 된다.

이런 답변은 어떤가. 가끔은, 아니 생각보다 자주, 너 자신을 버려야 해. 상사에게 직언(直言)보다는 모범 직원의 모습을 보여줘야 하겠지. 가기 싫은 회식도 웃으며 달려가고 너 자신보다 직장을 우선시하는 건 기본. 야근은 필수. 너 자신 하나 버리잖아? 그깟 승진. 못할 게 뭐 있냐?

지난해에는 호랑이 굴에 내 발로 걸어갔다. 승진하려면 꼭 거쳐야 할 곳이라 생각했다. 너도나도 기피하는 부서에 들어가, 쉽지 않은 업무 중 하나를 맡아 일 년을 버텼다. 그땐 몰랐다. 내가 버티고 있는 줄은. 그렇다고 안 좋은 기억만 있냐 하면 그것도 아니다. 나름 즐겁게 지냈다. 그리고 (아마도 신경성) 위궤양을 얻고 당당히 내 발로 걸어 나왔다.

고작 일 년이었지만. 생각이 변했다. 이렇게 살아 승진하느니 저렇게 살면서 맘 편히 일하자. 그렇게 난 그곳을 떠났다.

먼저 마음이 떴다. 이거 아니면 퇴사라는 생각으로 전보 희망서를 썼다. 떠날 수 있을 거라 확신했다. 너도 나도 모두 나의 전보를 확신했다. 만세를 불렀다. 근데 더 힘들었다. 마지막 한 달은 정말 최악이었다. 떠나야 겠다 마음먹은 그곳에서 나는 나를 괴롭혔다.

결국 성공적으로 부서를 옮겼다. 나는 원하는 부서에 배정되었다. 그리고 어느 날, 지나는 길에 아주 잠깐 예전 부서를 들렀다. 아주 가벼운 마음으로.

그런데 그곳은 전쟁터였다. 총알 대신 전화벨이, 돌격 앞으로 대신 업무 지시가 난잡하게 오가는 그곳은 전쟁터였다. 내가 어떻게 여기서 일 년을 버텼지. 떠나길 잘했다는 생각과 그곳에 있던 나를 떠올렸다.

승진. 입사 전에 승진을 생각한 적 없다. 이 일이 좋아 선택한 거니까. 승진은 어쩌면 누군가의 위에 서는 일이다. 사람을 관리하는 일, 사람 사이의 관계를 디자인하는 일이다. 이건 분명 내가 하고 싶던 일이 아니다. 나는 원래 사람 사이의 엮임을 좋아하지 않는다.

그런데 어느 순간, 내가 승진하는 코스 위에 있음을 알았다. 술자리마다 나오는 이야기, "야 형이라 불러" 하는 그들의 이야기. 거기에 동화된 것이다. 아마도 그럴 것이다.

다시 승진. 이것은 나의 꿈인가? 아니면 그들의 꿈인가? 승진하면 타인의 시선에 내 어깨가 좀 으쓱할까. 아님 그들의 구설수에 오를 수밖에 없음을 인정해야 할까. 승진하지 않음은 곧 무능인가? 이 프레임은 누구의 작품인가? 승진, 그것은 선택이 아닌가.

언제 또 변덕을 부릴지 모르겠다. 그래도 나는 승진하지 않을 것이다. 어디 쉬운 일이 있겠냐마는, 완벽한 직장 생활이 어디 있겠냐마는, 명예와 욕심과 타인의 시선보다 행복과 건강과 나의 자아에 더욱 관심을 쏟을 거다.

만약에. 아주 만약에. 그래도 내가 승진을 한다면, 그런 나를 만난다면, 이렇게 말해주고 싶을 뿐이다.

"나는 네가 스스로를 잃지 않았다고 믿어. 축하해. 그리고 고생 많았어…"

제가 하는 일에 합당한 돈을 주세요

- 당신의 소중한 자녀 교육에 이 정도는 투자되어야 합니다

대학생 시절에 과외 알바를 했다. 중학생 수학 과외였는데 주 2회 학생을 만났다. 페이는 한 달에 15만 원. 당시 시세로도 보통 이하 수준이었다. 교통비도 아까워 한 시간씩 자전거를 밟아 학생의 집에 갔다.

원래 주 2회였는데 가끔 주 3회를 해주겠다고, 나는 학생의 어머니에게 선언했다. 지금 생각해보면 내가 왜 그랬나 싶다. 생전 처음으로 하는 과외여서 소중했던 것 같다. 정말 잘하고 싶었던 것 같다. 전임자보다 더 열정적이라는 것을 '보여주기' 위함이었는지 모른다.

그때는 알지 못했다. 나 자신까지 버려가며 남에게 잘 보이기 위해 애쓰면 안 된다는 것을. 그 정도가 지나치면 스스로를 힘들게 만드는 상황이 연출될 수 있다는 것을. 결국 내가 힘들고 불행해지면 그 상황은 지속되기 어렵다는 것을. 내면에서 우러나지 않은 '보여주기'의 한계는 명확하다. 나만 손해다.

스무 살의 나는 무지했고 순수했다. 어떠한 앞뒤 계산 없이, 누구도 요구하지 않은 열정페이를 스스로에게 요구했다. 그렇게 주 2회 수업은 어느 순간 주 3회로 굳어졌다.

자의와 선의에서 시작한 나의 무리수는 1년 가까이 지속됐다. 나중에서야 페이에 비해 들이는 시간과 노력이 크다는 걸 깨달았다. 오로지 돈 하나만 바라고 시작한 일은 아니었지만 내 노동의 대가가 충분치 않다고 판단했다.

그래서 결심했다. 과외 횟수를 줄이던지, 금액을 늘리던지 하자고. 문제는 어떻게 나의 생각을 전달하느냐였다. 학생의 어머니와 통화를 해야 하는데, 어떻게 말해야 할지 몰랐다.

고민 끝에 학생의 어머니에게 전화를 걸었다. 그동안 동일 금액에 과외 횟수가 늘어나게 된, 내가 자초했던 상황을 상기시켜드렸다. 원래대로 주 2회에 15만 원으로 할지, 주 3회에 20만 원으로 할지 의견을 물었다. 솔직히 나는 이미 주 3회 과외를 해오고 있었기에 임금인상 쪽에 더 무게를 두고 있었다. 그리고 내가 심혈을 기울인, 통화의 마무리 멘트는 다음과 같았다.

"어머님의 소중한 자녀 교육에 이 정도 투자는 되어야 합니다. 그래야 한다고 생각합니다."

지금 생각하면 정말 오글거리는 멘트인데, 당시엔 멋

있다고 생각했다. 임팩트 있는 마무리라고 생각했다. 잠시 침묵이 흘렀다. 그리고 수화기 너머에서 웃음인지, 탄식인지, 실소인지 모를 무엇인가가 터져 나왔다. 어머니는 앞으로 주 2회를 하자고 했다.

협상은 실패였다. 그러자니 그렇게 했다. 전화를 끊고 후회했다. 내가 괜한 소리를 했나 싶었다. 돈만 밝히는 사람처럼 보였을까 부끄러웠다. 다음날 과외를 갔는데 어찌나 민망하던지… 고개를 들지 못했던 기억이 난다.

그땐 정말 부끄러웠다. 하지만 지금이라면 당당할 것 같다. 내가 하는 일에 대해 합당한 대가를 요구하는 건 부끄러운 게 아니다. 당당하고 당연한 것이다. 나는 나의 가치를 알아주는 사람에게 더욱 최선을 다할 수 있다.

그리고 다시 그때로 돌아간다면 전임자보다 '나아보이기' 위한 봉사 따위는 하지 않을 것이다. 대신 낱개의 수업과 학생과의 관계에 집중해서 내 실력을 보이고, 있는 그대로의 나를 보일 것이다.

　문득 궁금하다. 그 학생은 잘 지내는지. 어머니는 잘 계시는지. 또 궁금하다. 어설픈 스무 살의 나를 어떻게 기억하고 계실지.

그래서 회의록은 누가 쓸 텐가?
- 나는 고개를 숙였다

오후 2시. 회의실로 향했다. 임시 회의였는데 안건이
많지 않아 금세 끝났다. 이런 회의라면 매일 해도 나쁘
지 않겠네, 하고 일어서려는 찰나. 회의를 주관한 상급
자가 입을 열었다.

"아, 그래서 회의록은 누가 쓸 건가?"

회의록? 이게 기록을 남겨야하는 회의였어? 그 중요
한 걸 이제야 말하다니. 어쨌든 회의록 정리할 사람을

정하란다. 나는 고개를 숙였다. 눈을 마주치면 안 될 것 같았다. 고개를 들면 나를 시킬 것 같았다. 예전이라면, 아니 불과 일 년 전만 해도 이런 내가 아니었다. 원래 이런 말을 외치던 나였다.

"제가 하겠습니다."

  자진해서 내가 하겠다고 했을 때 받는 잠깐의 박수와 심리적 만족감 때문이었는지도 모르겠다. 근데 이젠 싫다. 일이 싫어졌다기보다는 사람이 싫어졌다. 특히 나를 당연시 여기는 사람들이 싫어졌다.
  세상엔 당연한 게 없는데, 그렇게 당연한 듯 행동하면, 영원히 당연히 그런 일을 하게 될 거 같았다. 무엇보다 이런 일이 반복되면 정말 좋아서 하는 줄 알더라. 그래서 오해의 고리를 끊고 싶었다. 그래서 그 순간, 아무 말도 하지 않았다. 다른 이들도 마찬가지였다. 잠깐의 침묵이 흘렀다. 마치 눈치게임을 하는 것 같았다.

"가위바위보 하시죠. 사다리를 타던가."

한 선배가 침묵을 깨며 말했다. 모두가 펜을 내려놓고 고개를 들었다. 너무 싫었다. 고개를 숙이고 있던 나도, 이겨보겠다고 전의를 불태우는 나도. 그 상황도.

"가위! 바위! 보!"

갑자기 여덟 살이 된 어른 8명은 힘차게 구령을 외쳤다. 6명은 보자기, 2명은 가위였다. 난 가위를 냈다. 이겼다! 나는 안도하며 회의실을 나왔다. 남은 사람들은 그들끼리 다시 가위바위보 했다.

얘기를 들어보니 결국 그 회의에 참석한 막내가 꼴등을 했다고 한다. 막내는 선배들의 환호와 박수를 받으며 회의록 작성의 임무를 맡았다. 다행히 과정은 아주 공정했다. 가위바위보는 언제나 공정하다.

왠지 미안했다. 나 때문에 막내가 회의록을 작성하게
된 것만 같았다. 그렇다고 가위바위보에서 승리한 게
창피하진 않았다. 실은 (아주 살짝) 자랑스러웠다.

나도 이렇게 나쁜 선배가 되어가는 것인가, 내일은
막내 어깨라도 한번 도닥여줘야지, 라고 중얼거리며
시계를 보았다. 벌써 오후 6시. 퇴근길이 막힐까 싶어
서둘러 사무실을 나섰다.

누군가는 웃고 있어도 힘들다
- 웃고 있다고 힘들지 않은 건 아니다

어찌어찌 업무평가서를 완성했다. 매 연말에 하는 이 형식적인 일에도 나름의 의미가 있겠지. 존재하는 모든 것에는 다 이유가 있다는 진리를 생각하며 떨어지지 않는 발걸음을 회의실로 옮겼다.

큰 회의실. 전 직원이 모인 자리였다. 부서별로 업무평가를 했다. 조직의 성장과 발전을 위한 말들이 오갔다. 내 차례가 왔다. 의미 없는 말의 반복은 딱 질색이다. 그래서 앞선 이야기와 중복되는 것은 빼고 발표했다. 담백하게. 그렇게 내 순서는 순식간에 지나갔다.

모든 부서의 업무 평가를 마치고, 대표님께서 마이크를 잡으셨다. 일 년 간 조직을 위해 애쓴 모든 구성원을 격려하셨다. 그리고 특별한 두 분께 마이크를 넘겼다. 한 분은 회사에서 가장 나이가 많은 수석 팀장님, 다른 한 분은 가장 나이가 어린 신입사원이었다. 두 사람은 지난 일 년의 소회를 전체에게 말할 수 있는 소중한 기회를 얻었다.

　수석 팀장님이 회의실 앞으로 나와 마이크를 잡았다. 다소 담담하게 일 년을 돌아보며 말씀을 하셨다. 다음은 신입사원 차례였다. 검정 투피스를 예쁘게 차려입은 신입사원이 앞으로 나왔다. 평소 밝은 미소와 씩씩함을 지닌 그녀였다. 망설이며 마이크를 잡았다. 부끄러움을 감추지 못했고, 얼굴에서 쏟아지는 젊음 역시 감추지 못했다.

　그런데 그녀가 말을 꺼내지 못했다. 갑자기 눈물을 보이며 고개를 돌렸다. 커다란 회의실에 잠시 침묵이 흘렀다. 곧 울먹임을 삼킨 그녀가 입을 열었다.

"처음이라 많이 어려웠는데. 그냥 일 년을 버틴 것 같아요."

차마 볼 수 없었다. 그녀의 눈물이, 그녀의 말이 나를 울컥하게 했기 때문이다. 나만 울컥한 게 아니었다. 나도 울컥한 거였다.

처음이 얼마나 두렵고 힘든지, 나는 잊은 것이다. 그렇지 않고서는 그렇게 무심할 수 없었다. 나는 지난 일 년간 그 신입사원에게 아무런 도움을 주지 못했다. 내 일이 바빠서, 내 퇴근이 소중해서 그녀의 '버티기'를 못 본 체했다. 같은 부서가 아니라서 그랬단 건 비겁한 변명이다. 그녀가 항상 밝았기에 그랬단 건 더 비겁한 변명이다.

누군가는 웃고 있어도 힘들다. 겉으로 보이는 웃음이 전부가 아님을 우리는 안다. 어쩌면 직장에서 우리의 웃음은 타인에게 '보여주기 위한 것'인지도 모른다. 사회적인 관계를 유지하기 위한 웃음. 힘들고 두려운 마음을 숨기기 위한 웃음.

　행복한 사람은 웃는다. 그러나 웃고 있다고 행복한 건 아니다. 웃고 있다고 힘들지 않은 건 아니다. 주변의 얼굴들을 돌아보자. 그 얼굴 뒤에 숨겨진 어려움과 눈물을 한 번쯤 생각해보자. 여유가 된다면 그 얼굴 뒤에 숨겨진 힘듦에 관해 이야기해보자. 그러면 알게 될 것이다. 보이는 게 다가 아님을.

나는 나를 지키며 일하기로 했다
- 정말 내가 아니면 안 되는 걸까?

인사철만 되면 마음이 뒤숭숭하다. 하던 업무를 계속 해야 할지, 새로운 업무를 해야 할지. 승진에 도움되는 일을 해야 할지, 내 행복에 우선순위를 두어야 할지. 같은 월급 받고 편하게 일할 수 있는 방법은 무엇인지.

일은 손에 안 잡히고 풍문만 무성하다. 오만가지 생각을 한다. 꿀보직을 위한 이런 시나리오를 써보고 저런 시나리오를 써본다. 최상의 시나리오를 간택한다. 슬픈 건, 최상의 시나리오가 최상의 결과를 보장하진 않는다.

과거에 직장이 모든 것을 책임지던 시절이 있었다. 하나의 직장이 취업과 승진과 가족의 생계와 노후까지 해결해주었다. 그렇게 우리의 부모 세대는 평생직장에 충성했다. 우리 세대는 경험하지 못한 정말 소설 같은 이야기다.

　　하지만 우리 세대는 '소설'이 아닌 '현실' 속에 있다. 직장은 직장이다. 직장은 내가 아니다. 직장을 벗어난 곳에서 나를 찾고 싶다. 한 치 앞도 알 수 없는 현실에서, 나의 가능성을 시험하고 진짜 내가 누구인지 알고 싶다.

　　신입일 때, 내가 아님 안 된다 생각하던 시절이 있었다. 어려운 일을 도맡아 했다. 인정받으며 일하는 재미가 쏠쏠했다. 야근이 일상이 되었다. 주말에도 출근했다. 내가 '적임자'라서 아무도 하지 않는 일을 맡는다는 이상한 논리로 자신을 위로했다.

술자리에서 어느 선배가 물었다. 왜 그렇게 열심이냐고. 그 선배는 정말 순진하고 궁금한 얼굴로 내게 물었다. 필요 이상으로 열심인 이유를 내게 물은 것이다. 나는 아무 말도 하지 못했다. 그러게. 나는 지금 뭘 하고 있는 거지?

그날 이후, 어려운 일을 살짝 피해보았다. 내가 없어도 그 일은 잘 추진되었다. 나 하나 없어도 세상은 잘 돌아갔다. 내가 아니면 안 될 일? 그런 건 없었다! 내가 아니어도 나를 대신할 사람들은 차고 넘쳤다. 좀 슬펐지만 현실이 그랬다. 무리하게 스스로를 혹사하며, 굳이 어려운 자리를 지킬 이유가 없었다.

게다가 고생하는 사람은 계속 고생하는 시스템이었다. 일은 일을 만들었다. 일은 호구에게 몰렸다. 자기 목소리를 낼 줄 모르는 나는 호구였다.

어느 순간 직장의 부품이 된 나를 발견했다. 거기엔 성실한 '직장인 A'가 있었다. 나는 없었다. 그래서 이렇게 하기로 했다. 내가 아니면 안 된다는 생각을 버리기로. 투머치한 책임감으로 스스롤 힘들게 하지 않기로.

대체 불가능한 사람이 되고 싶었는지 모른다. 어느 누구보다 인정받는 사람이 되고 싶었는지 모른다. 하지만 그렇게 되기 위해선 부단히도 나를 버려야 했다. 나를 잃고 나서야 그 사실을 깨달았다.

올해는 나를 지키며 일하기로 했다. 잘 될지는 의문이다. 강권과 선택 사이에서 나는 또 어떤 일을 하게 될까. 언젠가 어느 부장님이 내게 건넨 말이 떠오른다. 일 년간 고생했다며 내 어깨를 툭툭 치며 건넨 말. 부서 이동 즈음하여 무심하게 건넨 말. "민재야, 내년에는 네가 행복했으면 좋겠어."

올해는, 나도 내가 행복했으면 좋겠다.

출근길에 본 걸 퇴근길에 보니

- 길 위에서의 마음

한산한 외곽도로를 운전해 출퇴근한다. 익숙한 것이 좋아 항상 같은 길로 다니는데, 그래서 출근길과 퇴근길은 동일하다. 방향만 다를 뿐, 마주하는 풍경도 동일하다.

극명하게 다른 게 있다면 길 위에서의 기분이다. 출근하는데 날이 쨍하면 하늘이 나를 놀리는 것 같다. 반면, 퇴근하는데 구름 한 점 없다면 나를 축복해주는 느낌이다. 출근할 때의 단풍에서 은행 똥냄새가 난다면 퇴근할 때의 단풍에선 가을 갬성이 묻어난다.

출근길에 보이는 모습과 퇴근할 때 마주하는 풍경. 어찌 보면 풍경은 중요치 않다. 중요한 건 퇴근 시간에 얼마나 가까우냐다. 그리고 그보다 더 중요한 건, 마음가짐이 아닐까 생각한다.

같은 외곽도로를 출근 시간에 맞추어 달려보았다. 그날은 연가를 쓴 날이었다. 속이 뻥 뚫리는 느낌이 들었다. 출근길에 나를 힘들게 했던 건 바깥 모습도 교통혼잡도 아니었다. 내가 출근길 위에 있다는 것, 이 길을 지나면 예기치 못한 두려움과 마주해야만 한다는 것. 이것들이었다.

직장 그 자체라고 말할 수도 있겠다. 직장에 가까워올수록 가슴이 빨리 뛰기 때문이다. 생계유지와 커리어에 도움을 주어 고마운, 그러나 월급날 외엔 그 고마움을 체감하기 힘든 그런 곳. 다만 출근하기 싫은 뿐. 그래도 출근하고 있을 뿐.

매일 출근길에 마음을 다잡는다. 좋은 마음가짐을 가지려 애쓰고, 오늘의 직무를 떠올린다. 룸미러를 향해 억지웃음도 지어본다. 출근 십 분 만에 웃음이 사라지더라도 말이다. 아직은 이 애증 관계를 끊을 수 없음을, 받아들여야 할 것 같다.

그나저나,
내일의 퇴근이 벌써부터 기다려진다.

넌 지금 잘하고 있어
- 빈 말이어도 좋다

벌써 8년 전의 일이다. 신입 2년 차인 나는 신나게 술을 들이붓고 있었다. 회식도 업무의 연장이지. 술 먹는 사람이 일도 잘하지. 암 그렇고 말고. 젊음과 패기와 무모함을 안주 삼아 그날도 달리고 있었다.

꼭 이럴 때면 엄마의 전화가 걸려온다. 어디서 나를 지켜보는 게 분명하다. 민재야 술 조금만 먹어라, 하는 엄마. 어 알았어, 하는 아들. 걱정으로 걸려온 전화를 건성으로 받아넘기고 나는 다시 회식 자리로 향했다.

이 테이블에서 저 테이블로 간다. 잔을 돌리고 술병

을 돌린다. 나의 존재를 각인시킨다. 어느새 초록병이 바닥을 보이고 있다. 이모 여기 소주 하나요. 술잔이 비지 않아야 한다. 있는 말 없는 말 죄다 꺼내 대화를 잇는다. 오디오 역시 비지 않아야 한다.

목소리가 커진 걸 보니 꽤 마신 게 분명하다. 쉬어갈 겸 사람이 적은 테이블에 털썩. 그리고 먼저 앉아 계시던 부장님께 권하는 나의 술잔. 에구 부장님 고생이 많으시죠. 항상 같은 나의 레퍼토리. 상대가 정말 고생하는지 안 하는지는 중요하지 않다.

쭈욱 들이키고 받은 잔을 돌려주시는 부장님. 그리고 짧은 그의 한 마디.

"잘하고 있어."

밑도 끝도 없는 그 말에 난 움직일 수 없었다. 아무 소리도 들리지 않았다. 어두운 무대 위 스포트라이트가 우리를 비추는 느낌이었다. 거기에는 나와 부장님만이 있었다. 흔들리는 술잔 사이로 그의 진심이 일렁이고 있었다.

　사실 난 불안했다. 일을 하곤 있었지만 제대로 하고 있는지 알 수 없었다. 신입은 그저 월급이 나오니 받았을 뿐이다. 그동안 불안은 점점 몸집을 키웠다. 이 불안을 숨기기 위해 그렇게 마시고 그렇게 소리를 높였는지도 모른다. 부장님은 이미 알았는지 모른다.
　잘하고 있어. 다섯 음절에 녹아내린 신입은 그동안의 애씀을 보상받고, 지금처럼 하면 되겠다는 희망을 품었다. 나중에야 알았다. 다른 동료들도 그의 다섯 음절에 녹아내렸다는 사실을.

　부장님도 항상 같은 레퍼토리 일지 모른다고 생각했다. 그래도 괜찮다 생각했다. 테이블이 무대가 되었던 그때를 떠올렸다. 일렁이던 그의 진심을 의심하지 않았다.

잘 살고
싶었는데

좋은 사람이고
싶었는데

그저
그 뿐이었는데

3부

사람 고쳐 쓰는 거 아니다

쓰다

1. 동사 어떤 일을 하는 데에 재료나 도구, 수단을 이용하다.

2. 동사 사람에게 어떤 일을 하게 하다.

3. 동사 다른 사람에게 베풀거나 내다.

유의어 구사하다 두다 발휘하다

무언가 의도를 갖고 한 말은 아니었다. 언제나처럼 표정이 워낙 안 좋았기에, 인사치레로, 나도 모르게 나온 말에 가까웠다. 그런데! 갑자기 그가 나를 잡고 이야기보따리를 풀었다. 세상 고생은 혼자 다 한다는 표정으로.

신입사원 시절부터 시작된 그의 이야기는 거침이 없었다. 그는 언제부터 얼마나 자신이 고집스러웠는지, 스스럼없이 무용담을 늘어놓았다. 역시 그는 남달랐다. 그의 말에 의하면, 신입 때도 지금과 다름없는 모습이었다. 한결같았다. 흡연실에서 가지고 나온 담배 냄새가 다 사라지도록 그의 말은 끝나지 않았다.

얼마나 시간이 지났을까. 시계를 슬쩍 보니 퇴근 시간이 지나있었다. 칼퇴는 내게 정말 소중하지만, 그를 끊을 수 없었다. 퇴근이라는 것을 잠시 내려두고 그에게 집중했다.

사실 그도 외로웠는지 모른다. 대부분의 사람들을 힘들게 했지만 그도 힘들었는지 모른다. 내가 그의 외로움을 조금이라도 달래주었길 바란다.

　무용담을 들으며 그를 조금은 이해하게 됐다. '의도된 불친절'이라 생각했던 그의 표정과 태도가 '타고난 성품'일 수도 있겠다 생각했다. 원래 툴툴대고 까칠한 성격을 가진 사람을 '좋은 사람'이라고 자신있게 말할 순 없지만, 타인에게 의도적인 불편을 주는 게 아니라면 그가 '조금 덜 나쁜 사람'이라고 변호해주고 싶다.

　그날 이후 그와 좋은 사이가 된 건 아니다. 타고난 성품이 워낙 달라 그건 어려울 것 같다. 그리고 아직도 업무 협조가 어렵긴 마찬가지다. 다만 그가 내 인사에 조금 더 큰 소리로 응답해주는 건 나만의 착각일까, 아니면 사실일까?

쓸데없이 궁금해졌다

- 퇴근 버스에서

퇴근길. 오랜만에 시내버스에 올랐다. 금속 냄새와 인
조 가죽 향이 뒤섞인 특유의 버스 냄새가 코를 찔렀다.
밤의 버스는 한산했다. 서울이 아니어서 그럴 테고, 퇴
근 시간을 비껴가서 그럴 테다. 빈자리가 많았다. 창 밖
이 아주 잘 보이는 자리에 앉았다.

  소도시의 밤은 꽤 낭만적이다. 너무 분주하지도 너무
복잡하지도 않다. 한눈에 담을 수 있을 정도의 사람들
이 거리를 거닌다. 적당히 사람 사는 냄새가 난다. 여유
와 정취가 있다. 내가 지방에 살면서도 만족하는 이유

이다.

버스에서 보는 소도시의 밤은 더 낭만적이다. 밤하늘 아래 은은한 빛들이 거닌다. 가로등 불빛은 조용히 빛난다. 그 아래에서는 어깨동무 한 주정꾼까지 정감 있어 보인다.

고개를 돌려보았다. 나와 같이 버스에 있는 이들이 눈에 들어왔다. 저들의 손에 들린 봉지에는, 가방에는 무엇이 들어있을까? 저들의 목적지는 어디일까? 누구를 만나러 가는 길일까? 오늘 하루 무엇이 고단했고, 어떻게 위로받았을까? 위로를 받긴 받았을까?

쓸데없이 그들의 사연이 궁금해지는 밤이었다.

아내를 바꿔보았다

 - 같이 살면 비로소 보이는 것들

 결혼 6년 차 어느 날, 나는 결심했다.

 아내를 바꿔보자고.

 아내의 좋지 않은 습관이 자꾸 눈에 밟혔다. 예전엔 보이지 않았다. 같이 살면 비로소 보이는 것들이었다. 감히, 아내의 습관을 내가 직접 바꾸어보기로 했다. 그녀가 더 나은 삶을 살도록 도와주고 싶었다.

 솔선수범이 중요한 법. 내가 생각하는 '모범적인 삶의 모습'을 몸소 실천했다. 완벽하진 않아도 노력하는 나를 보여주었다. 그리고 아내에게 여러 시도를 했다. 칭찬도 해봤다. 회유도 해봤다. 고백하자면 때론 윽박이었다. (나는 나쁜 남편이었다.)

물론 아내도 노력했다. 결과는? 실패였다. 나는 좌절했다. 내 근처에 있는 사람 하나 변화시키지 못하다니. 나의 무능과 아내의 고집을 탓하기도 했다.

지금 생각해보면 오만이었단 생각이 든다. 아내를 변화시키고 싶다는 건 '내 기준에서' 마음에 안 드는 무엇이 있었다는 것이다. 내가 뭐라고 '나의 기준'을 타인에게 들이대는가? 나와 같이 살기로 결심한 사람에게 나의 잣대를 들이대는 건 옳은 일인가? 나의 잣대는 절대적이며 객관적인 기준인가?

정말 오만하기 짝이 없었다. 아침에 느지막이 일어나기, 천천히 살아가기, 여유를 만끽하기. 내가 바꾸고자 했던 그녀의 모습들이다. 나의 개미 콤플렉스는 그녀의 자유와 권리를 빼앗았다. (나는 정말 나쁜 남편이었다.)

무엇보다 나는 아내의 동의를 제대로 구하지 않았다. 근면성실을 중시하는 건 나의 가치관이지 그녀의 가치관이 아니다. 지금은 쌍팔년도가 아니다. 새마을운동의 정신을 아내에게 강요할 시기도 아니다. 상대방의 의사를 묻고 마주 앉아 '부지런 떨기 프로젝트' 발대식이라도 했어야 했다.

대부분의 사람은 쉽게 변하지 않는다. 나도, 나의 아내도 마찬가지다. 나는 그저 그녀의 타고남을 인정했어야 했다. 그냥 있는 그대로 받아들이는 거다. 이 인정에 이유는 없다. 사랑에 이유가 없듯이 말이다.

'인정하기'는 그 사람을 사랑하는 또 하나의 방법이다. 나는 앞으로도 내가 사랑하는 사람들을 있는 그대로 받아들이기 위해 노력할 것이다. 이건 분명 노력이 필요한 부분이다. 적어도 내겐 그렇다. 결혼 7년 차. 올해엔 조금이라도 덜 나쁜 남편이 되고 싶다.

쿠크다스 두 상자
- 나는 어렸고, 크리스마스는 우울했다

냉장고엔 쿠크다스 두 상자가 있었다. 주황의 냉장고 조명 아래 쿠크다스는 너무도 초라했다.

산타 할아버지가 진짜 있는지 없는지 친구들과 설전을 벌이던 시절. 아주 어렴풋이, 부모님이 산타라는 걸 알지만 믿고 싶진 않았던 그런 나이쯤이었던 것 같다.

그날은 12월 25일 아침이었다. 들뜬 마음으로 잠에서 깼다. 머리맡을 두리번거렸다. 아무것도 없었다. 좁다란 거실을 둘러봤다. 역시 아무것도 없었다. 혹시나 하고 연 냉장고, 거기엔 쿠크다스 두 상자가 놓여 있었다.

엄마를 깨웠다. 산타가 다녀갔냐고. 엄마는 산타가 쿠크다스를 두고 갔다고 했다. 그것도 냉장고에. 심지어 두 상자 중 하나는 동생의 것이 확실했다. 나는 무려 형인데 동생과 완벽하게 동일한 선물을 받은 것이다. 쿠크다스도 냉장고도 동생과 같은 선물을 받았다는 사실도 마음에 들지 않았다. 냉장고 속 선물은 오랫동안 열리지 않았다.

어려서부터 크리스마스는 내게 특별하지 않았다. 지금 생각해보면 집 안에 겨우내 철수되지 않는 작은 트리도 있었고, 부모님은 크리스마스 분위기를 위해 이런저런 노력을 하셨다. 하지만 정작 크리스마스 당일은 평범했다. 선물은 화려하지 못했다. 어린 민재는 만족하지 못했다.

처음에는 산타를 원망했다. 커서 그 원망은 부모님에 대한 실망이 되었다. 나는 어렸고, 크리스마스는 우울

했다.

더 크고 나서야 특별한 날이 항상 화려할 순 없단 걸 알았다. 특별한 날이 모두 특별할 수 없고, 그럴 필요도 없다. 텔레비전 속 크리스마스와 나의 크리스마스를 비교해서도 안 된다. 그것은 꾸며지고 연출된 모습이다. 그것을 연출하는 사람들의 크리스마스는 실상 평범할지 모른다.

크리스마스는 꼭 화려해야 할까? 금요일은 항상 불금이어야 할까? 화려한 것만이 좋은 것일까? 이런 날엔 으레 먹고 마시고, 음악과 웃음이 넘쳐야 할 것 같다. 그런데 이렇게 '으레' 하는 것들에 대해 한번쯤 생각해보자. 이런 프레임은 누가 만든 건지, 이 프레임을 통해 이익을 얻는 사람은 누구인지.

물론 나도 불금이 좋다. 매주 금요일이면 하던 일 다 접어두고 치킨 한 마리 뜯으러 가고 싶은 충동이 생긴다. 하지만 꼭 그럴 필요는 없다. 평범한 크리스마스, 차분한 금요일도 모두 소중한 날들이다.

화려하고 특별한 날이 있다는 건, 상대적으로 그렇지 않은 날이 있다는 것이다. 특별한 날만 특별하게 여기면 보통의 날들은 존재의 의미가 희미해진다. 알다시피 우리 모두는 특별한 날보다 보통의 날을 더 자주 만난다. 보통날의 가치에 대해 알아야, 일상 속에서 행복을 찾아야 진짜 행복한 사람이 되는지도 모른다.

혹시. 특별한 날은 없다고, 오히려 매일이 특별할 수 있다고 알려주려던 건 아닐까. 그날의 산타가. 그날의 엄마 아빠가 말이다.

꼰대가 되는 가장 확실한 방법
- 진짜 꼰대는 자신이 꼰대란 걸 모른다

어김없이 바쁜 하루였다. 오전까진 분명 여유가 있었는데, 어느 순간 일이 밀려들었다. 점심 먹고 아내와 통화하며 "오늘 이상하게 한가해"라고 말한 직후였다. 괜한 입방정을 떨었나 싶었다.

왜 일은 항상 몰려다니는 걸까, 직장은 왜 날 가만 두지 않는 걸까, 푸념을 하고 있을 때였다. 우리 부서 사무실 문이 열렸다. 드르륵. 고개를 든 순간, 눈이 마주친 이는 다른 부서 팀장이었다. 그가 우리 부서로 들어왔다.

잠깐 미소를 지었다. 눈이 마주쳐 어색하기도 했고 인사 대신이기도 했다. 그리고 다시 일에 몰두했다. 당연히 우리 팀장을 찾아온 것이라 생각했기 때문이다. 저벅저벅. 그가 내 앞에 멈춰 섰다.

　"잠깐 할 얘기 있는데, 밖에서 볼까?"

　뜻밖에도 그가 찾아온 이는 나였다. 같은 부서의 팀장은 아니지만 안면이 꽤 있었다. 부서 간 업무 협조 기회가 있어 종종 이야기를 나누던 분이었다. 사석에서는 형이라고도 부르는 팀장이었다. 팀장이 일개 팀원을 무슨 일로 찾아왔을까.

　"형, 무슨 일 있으세요?"

　내가 물었다. 사무실에서 야외 벤치로 무대가 바뀌었고, 공석과 사석의 경계가 모호해졌다. 무엇보다 그가

'팀원'으로서 나를 찾았다기보다 '동생'으로 나를 찾았다는 느낌이 들었다. 그래서 바로 형이라는 호칭을 사용했다.

"뭐… 그냥."

그냥 같지 않은 말투로 형은 그냥이라고 했다. 그냥 같지 않았지만 그냥 그의 말을 들었다. 지난 일 년 고생했단 격려를 내게 건넸다. 이런저런 이야기를 듣다 보니 팀장으로서 겪는 어려움이 있는 것 같았다. 사실 이전부터 어렴풋이 알고는 있었다.

"나도 꼰대가 되어가는 것 같아."

팀원들과 세대차이, 소통의 어려움을 이야기하던 형은 갑자기 '꼰대 커밍아웃'을 했다. 리더는 외롭다고 했던가. 리더는 리더이기에 해야 하는 일이 있다. 리더이기에 갖추어야 하는 덕목이 있다. 이러한 덕목을 갖추기란 쉽지 않다. 여러 사람들의 이야기를 듣고 조율하는 과정은 쉽지 않다.

형의 고백에 할 말을 잃었다. 너무 급작스러운 이야기에 형에게 어떤 이야기도 해주지 못했다. 직장 선배이자 인생 선배인 사람에게 내가 무슨 말을 할 수 있단 말인가. 괜히 잘못 말했다가 버르장머리 없는 조언이 될까, 입을 닫았다. 입을 닫고 눈을 맞추어드렸다.

영국 BBC는 오늘의 단어로 'kkondae(꼰대)'를 소개하기도 했단다. 자신이 항상 옳다고 믿는 나이 많은 사람을 꼰대라 설명했다고 한다. 꼰대 팀장들의 총량이 정말 늘어난 걸까. 아니면 팀원들의 권익이 높아진 걸까. 잘은 모르겠지만, 꼰대라는 말을 쉽게 듣는 요즘이다.

진짜로 꼰대는 어떤 사람일까? 자기주장을 고집하는

사람, 권력으로 다른 의견을 짓누르는 사람도 꼰대의 부류에 해당될 것이다. 그런데 말이다. 진짜 꼰대는 자기가 꼰대라는 사실을 전혀 인지하지 못한다. 아니, 자기가 잘하고 있다고 생각한다.

오히려 자신의 잘못된 주장으로 자신의 잘못된 생각을 강화한다. 잘못이 잘못을 재생산하고, 다시 타인의 의견을 짓누른다. 리더도 사람인지라 항상 올바른 판단을 할 수는 없다. 리더도 실수를 한다. 다만 훌륭한 리더는 잘못된 점을 인정하고 악순환의 고리를 끊을 줄 안다.

누군가 그랬다. "꼰대가 되는 가장 확실한 방법은 현실을 외면하는 것이다. 오로지 자신의 자존심과 감정에만 충실하는 것이다."

기회가 된다면, 형에게 미처 해주지 못한 말을 전하고 싶다. 일 년간 고생 많았다고. 형은 꼰대가 아니라고. 진짜 꼰대는 자신이 꼰대란 걸 모른다고.

 때문에 더욱, 진짜, 진심으로 형은 꼰대가 아니라고.

다 컸다
돈을 벌었다
어른이 되었다

그러나
그게 다가 아니었다

그게 시작이었다

연가의 쓸모

- 연가보상비는 연가를 보상해주지 못한다

어느 지하철에서 전화 통화를 엿듣게 되었다. 일부러 엿들었다기 보단 그냥 내 귀에 들어왔다. 모르는 이의 사생활을 염탐하는 것 같아 듣지 않으려 했지만, 계속 들려왔다. 그렇다고 내 귀를 틀어막을 순 없었다. 그래서 그냥 두었다.

30대 중반의 회사원으로 보이는 남자였다. 저녁 7시 무렵이었으니까 아마도 퇴근길에 친구와 통화하는 것 같았다.

"응. 남은 연가 다 쓰려고. 나 이제 눈치 안 보고 연가 다 쓸 거야."

남은 연가를 어떻게 사용할 것인가. 매 연말 모든 직장의 고민이 아닐까. 다만 행복한 고민이 아닌 경우가 많다. 내 근무 일수에 비례하여 받은 연가지만 어째 내 마음대로 쓰기가 힘들다. 하지만 이 남자는 자신의 연가를 남김없이 사용할 거라고 공언하고 있었다. 그의 당당함에 이끌려 더욱 그에게 집중하게 되었다.

"남은 연가 다 쓰려면 종무식도 빠져야 되는데… 그냥 빠지려고. 작년에도 종무식 안 갔다고 엄청 욕먹었잖아. 우리 부장이 나 종무식 안 왔다고 뒤에서 엄청 욕했대."

아마도 그의 당당함이 소속된 조직에서 환영받지 못하는 듯했다. 공감, 연민 등의 감정이 느꼈다. 어느새 내게 없는 당당함을 가진 그를 응원하고 있었다. 나도 모르게 말이다.

"아니. 내가 내 연가를 왜 마음대로 못써? 맘에 안 들면 짜르라고 그래!"

자를 테면 자르라지. 클라이맥스까지 듣고 나는 지하철에서 내렸다. 그리고 생각했다. 무엇이 그를 이토록 힘들게 하였을까? 우리의 연가는 어떤 쓸모를 가지고 있을까? 종무식에 불참한 후배를 뒤에서 욕한 부장은 어떤 마인드의 소유자일까?

그를 힘들게 한 것은 강요당한 조직 생활이 아니었을까. 개인의 연가는 조직 생활에서 별 쓸모가 없지 않을까. 그 부장은 조직 생활을 최우선으로 하는 마인드를 가지지 않았을까. 대한민국의 조직 문화가 많이 바뀌었다고들 한다. 하지만 아직 우리는 배가 고프다.

우리 사회에서 연가가 쓸모를 가지려면 '조직 생활'과 '개인 생활'을 더 명확하게 구분해야 한다. 사적인 영역의 무언가를 위해 내 연가를 쓰고 싶지만 그것이 쉽지 않은 건, 연가는 내 것이지만 나는 회사의 것이기 때문이다.

　조직과 개인의 구분이 모호한 집단에서 연가는 그 효용을 다하기 힘들다. 그런 집단에서는 연가도 퇴근도 내 것이 아니다. 내 것이지만 내 것이 아닌 것이다.

　물론 미사용 연가를 돈으로 바꿔주는 연가보상비 제도가 있다. 하지만 많은 경우, 연가보상비는 연가를 보상해주지 못한다. 연가는 무엇으로도 보상되기 힘들어 보인다. 혹시 연가는, 모두 사용이 되어야만 비로소 그 쓸모를 다하는 건 아닐까.

소화불량은 사랑입니다
- 35년차 큰 아들의 엄마 사랑법

엄마의 생신을 맞아 본가에 방문했다. 온갖 이유와 사정들로 무려 1년 만에 들린 나의 본거지. 내가 나고 자란, 우리 가족의 역사가 배어있는 그 집. 엄마 집에 가면 금세 편안해진다. 긴장의 끈이 풀린다.

　가장 먼저 반응하는 감각은 후각이다. 대문을 열자마자 익숙한 냄새가 감돈다. 아침으로 차려졌을 음식 냄새. 내 가족의 살결 내음. 한 구석에 있는 화초의 향기까지. 여러 것들이 뒤섞여 말로 표현하기 힘든 우리 집만의 향취가 된다. 나는 이 냄새에 금방 동화된다.

다음은 시각. 내 눈이 벽을 향한다. 자랑스럽게 걸린 나의 사진들, 벽지에 그어진 검정 볼펜 자국들은 모두 내 성장의 기록이다. 어린날의 민재가 어설프게 만들어 자랑스레 내밀었을 수납함도 있다. 간신히 형태만 유지한 채로. 이젠 내 집이 아니지만 이 집은 아직 날 품고 있다.

익숙한 베란다 밖 풍경, 오래된 장판의 촉감, 힘없는 뻐꾸기시계 소리는 또 얼마나 당연한가. 하지만 익숙함이 가득한 이 곳에서 나를 가장 기쁘게 하는 감각은 따로 있다. 바로 미각이다.

엄마는 내 혀에 가장 잘 맞는 음식을 차려 주신다. 오랜만에 왔다며 이 음식 저 음식을 해 주신다. 온갖 고기반찬과 해산물이 나온다. 고향의 맛에 취해 이것저것 먹다 보면 어느새 과식이다. 몇 시간 후, 소화가 채 되지도 않은 내 앞에 또 다른 보양식이 나온다. 언제나 엄마의 기대를 저버리지 않는 나는 남기지 않고 다 먹는다. 그렇게 나는 35년 차 '잘 먹는 우리 큰 아들'이다.

언제부턴가 소화기능이 떨어져 먹는 양이 줄었지만 엄마 앞에서는 아직 잘 먹는다. 그러고는 소화불량을 겪는다. 내 딴에는 잘 먹는 모습을 보여드리는 게 효도인 셈이다. 소화불량이 사랑의 증표라고 해야 할까.

문득 이런 생각이 들었다. 내가 부모님이 해주신 음식뿐 아니라, 그들이 주신 사랑도 온전히 소화하지 못하고 있진 않나. 우리가 부모님의 큰 사랑을 다 알고 소화하긴 역부족이지 않나. 사랑을 주는 이는 능숙하지만 사랑을 받는 이는 서툴지 않나.

다음에도, 그 다음에도, 엄마는 사랑이 가득한 음식을 담뿍 해주실 것이다. 그리고 난 그 사랑을 남김없이 받아먹을 것이다. 다음에는 엄마의 음식도 사랑도 아주 잘 소화시켜봐야겠다.

안 되겠다 싶어 고무장갑을 꼈다
- 이제라도 지켜야겠다

습진이 생겼다. 내가 설거지를 전담하고 일어난 일이다. "설거지 그까이꺼 대충 하면 되는 거 아냐?"라고 했었는데 보기 좋게 습진을 얻었다.

설거지는 자신 있었다. 그래서 대충 맨손으로 하고 말았다. 물 닿아봐야 손이 얼마나 상하겠어. 근데 얼마나 상하던지. 결정타는 재택근무였다. 삼시 세끼 먹고 설거지하고, 간식 먹고 설거지하고. 바이러스 있을까 괜히 씻은 손 또 씻고…. 코로나와 재택근무는 내 손에 쉴틈을 주지 않았다.

결국 나는 고무장갑을 꼈다. 내 손은 소중하니까. 있을 때 잘 지켜야 하니까. 창문에 아내의 모습이 비쳤다. 결혼하면 손에 물 안 묻히게 해줄게, 라고 내가 했었나.

　설거지를 한참 하는데 아내가 다가왔다. 나의 그녀가 고무장갑을 낀 나를 보고 하는 말.

　"역시 해 봐야 안다니까."

　놀리는 건지 격려해주는 건지 알 수 없었지만, 부정할 수 없어 씩 웃고 말았다. 내가 설거지를 하지 않을 때는 이렇게 수고로운 일인지 몰랐으니까. 그래 봐야 아직, 화장실 물때와 방바닥에 뒹구는 머리카락을 외면하는 나니까.

　끝없는 집안일의 굴레 속에 힘들었을 아내를 이제라도 지켜야겠다. 고무장갑을 끼고 더 열심히 해야겠다. 고무장갑의 돌기가 조금이라도 닳아 없어질 때쯤 아내의 습진도 사라졌으면 좋겠다.

손이 노래지도록 귤을 먹었다

 - 귤과 형

겨울이 오면 귤 생각이 난다.

 그렇다고 귤을 좋아하는 건 아니다. 아니. 있으면 먹
는데, 굳이 내 손으로 사 오진 않는다. 장을 보러 가도
귤에는 손이 안 간다. 유별나게 좋아하는 과일이 아니
어서일까. 아님 흔하고 싼 과일이라는 인식 때문일까.

 그럼에도 매년 귤을 먹는다. 예식장으로 향하는 관광
버스에서 받은 귤. 엄마가 사서 보내주신 귤. 장모님이
내 손에 쥐어주신 귤. 어느 모임에서 가져온 귤. 누가

사온 귤….

　그렇게 이번 겨울에도, 우리 집 한쪽에는 귤 상자가 있었다. 오랜만에 놀러온 친한 형이 사 온 귤이었다. 워낙 가까운 사이라 빈손으로 와도 서로 민망하지 않을 텐데, 그 형은 굳이 귤 한 박스를 사들고 왔다. 받기 미안했지만 가까운 사이니까 편하게 받았다.

　그리고 매일 저녁 귤을 먹었다. 식사를 마치고 심심한 입에 귤을 넣었다. 새콤달콤함이 입안에 퍼졌다. 한 개, 두 개, 세 개, 네 개…. 멈출 수가 없었다. 그 귤은 지나치게 맛있었다! 나는 손이 노래지도록 귤을 먹었다. 귤 까먹는 재미에 겨울이 훌쩍 지나갔다.

　먹을수록 손끝이 노르스름 해졌다. 귤껍질에서 나온 과즙이 엄지와 검지 손톱 아래를 물들였다. 손을 씻어도 잘 빠지지 않았다. 노란 손 때문에 자꾸만 형이 생각났다. 형의 마음이 내 손에 기억되었다.

이제 귤은 딱 두 개가 남았다. 오늘 저녁, 마저 해치울 계획이다. 아쉽지만 형의 마음을 남김없이 먹어 치울 것이다. 그리고 내일 내 손으로 귤 두 박스를 살 거다.

이제 그의 손이 노래질 차례다.

아직 쓰지 않은 날들
- 우리에겐 많은 날들이 남아 있다

그날은 3년 치 업무를 한꺼번에 받은 날이었다. 나는 분명 1지망, 2지망, 3지망을 구분해서 썼는데 세 가지 업무 모두 내 이름 옆에 적혀 있었다. 작은 내 눈을 꿈뻑였다. 오타인가. 내가 잘못 보고 있나. 하지만 26살의 젊은 내 눈은 정확했다. 젊은 게 죄지. 아무도 말이 없었다. 인생의 쓴맛이란 이런 거구나 싶었다.

　조용히 뒤집어썼다. "아니오!" 대신 "넵, 열심히 하겠습니다!"를 외치며 내가 사회생활 좀 한다 생각했다. 바보. 군대물 덜 빠진 덜떨어진 놈. 같은 돈 받고 그렇게 일하고 싶니? 힘들다 말이라도 꺼냈어야 했다.

  그날도 썼다. 내 인생과 내 시간을 타인을 위해 써 버
렸다. 주는 술 다 마시고 나를 잃었다. 직장에서도 회식
에서도 나는 없었다. 그들과 그들의 꽁무니를 쫓는 바
보만 있었다. 퇴근 후에도 그들의 잔상이 남았다. 이상
한 습관, 편협한 사고, 소모적이고 쓸데없는 관행들. 이
건 아니다 싶었다. 앞으로 남은 삶을 어떻게 써야 할지
막막했다.

  그래서 썼다. 쓰지 않을 수 없었다. 나를 찾기 위해서,
라기 보단 죽을 것 같아서 썼다. 삶에 아무런 의미가
없는 것 같았으니까. 뭔지 모를 것에 이끌려 연필을 들
고 아무 공책이나 꺼내 마구 적어 나갔다. 마음이 후련
했다. 한편으론 답답했다. 어떻게 살아야 하는지 답을
주는 이가 없었으니까.

다시 돌이켜본다. 내가 지나온 날들을. 얼마나 씁쓸하고, 얼마나 뒤집어썼는지. 얼마나 소모하고, 얼마나 끄적였는지.

묻고 싶다. 당신이 지나온 날들은 어떠했는지. 혹시 당신도 썼는지.

아직 쓰지 않은 날들을 떠올린다. 그 날들이 너무 쓰지 않길 바라고, 그 날들을 잘 쓰는 우리가 되길 바란다.

괜찮다. 아직 우리에겐 많은 날들이 남아 있다.

4부

대충 쓰면 어때

쓰다

1. 동사 붓, 펜, 연필과 같이 선을 그을 수 있는 도구로 종이 따위에 획을 그어서 일정한 글자의 모양이 이루어지게 하다.

2. 동사 머릿속의 생각을 종이 혹은 이와 유사한 대상 따위에 글로 나타내다.

3. 동사 원서, 계약서 등과 같은 서류 따위를 작성하거나 일정한 양식을 갖춘 글을 쓰는 작업을 하다.

유의어 저술하다 기재하다 기록하다

사실은 울며 겨우 씁니다

 - 내 서재엔 바늘이 놓여 있다

"바늘로 우물을 파듯이 글을 쓴다."

　노벨문학상을 수상한 오르한 파묵은 글쓰기를 '바늘로 우물파기' 에 비유했다. 삽으로도 파기 어려운 우물을, 모종삽도 밥숟가락도 아닌 바늘로 판다? 생각해보았다. 바늘로 들어 올린 모래 알갱이는 몇 개쯤 될까. 들어 올린 모래알을 떨구지 않고 얼마나 멀리 옮길 수 있을까. 분명 엄청난 시간과의 싸움, 자신과의 싸움이 될 것이다. 차라리 맨손으로 땅을 헤집고 싶다.

좋은 글의 감동과 여운은 길다. 하지만 우리가 그것을 읽는 시간은 짧다. 글쓴이가 그것을 창작하는 데 들인 시간에 비해 턱없이 짧다. 글을 소비하는 이는 글을 생산하는 이의 고됨을 이해하기 힘들다. 글쓴이가 빈 종이 또는 빈 화면을 대할 때의 두려움도 이해되기 어렵다. 여전히 어렵지만, 그들이 바늘로 우물을 팠던 시간을 기억하자.

〈일간 서민재〉의 열한 번째 글이다. 사실은 울며 겨우 쓰고 있다. 지속적인 글쓰기 연재를 약속하고 겨우 써내고 있다. 겨우 쓰느라 글의 주제도 전개 방식도 일관성이 없다. 다행히 매일 또는 격일로 글을 쓰곤 있지만 내 생활의 족쇄가 되었다. 매일 저녁, 간단히 식사를 하고 서재로 향한다.

계속해서 쓸 것이다. 평범한 일상에서 사소한 소재를 찾아 어떻게든 쓸 것이다. 바늘을 들어 나만의 아주 작은 우물을 팔 것이다. 그렇게 언제나, 내 서재엔 바늘이 놓여 있을 것이다.

글을 쓰는 하나의 원리
 - 두려움을 극복하는 일

삶의 불확실성을 받아들이지 못했다. 그래서 어떤 원리를 찾고자 했다. 삶의 어떤 문제도 해결할 수 있는 하나의 원리를 말이다. 다만 성급한 일반화로 끝나는 경우가 많았다. 절대선은 쉽게 모습을 드러내지 않았다.

  글쓰기도 마찬가지 아닐까. 글을 쓰는 단 하나의 원리가 있을 리 없다. 우리 각자가 처한 상황과 지닌 재능이 글의 바탕이 되기 때문이다. 누군가는 타고난 내면에서 소재를 이끌어 낼 테고, 누군가는 상상력을 연료로 집필할 것이다.

결국 자기만의 고민과 시행착오를 거쳐야 한다. 궁극의 명검 '엑스칼리버'를 찾기보다는 다만 '과도'라도 자신의 칼을 갈아야 한다. 스윽스윽 무딘 날을 갈아보자. 한 글자도 안 써지는 날이 있는가 하면, 토해내듯 글자가 쏟아지는 날도 있을 것이다.

  그래도 끈질기게 글을 쓰는 하나의 원리를 묻는다면, 이렇게 말하고 싶다.

  "한 문장만 써라. 뭐든 좋으니 그냥 써라."

  글쓰기는 '두려움을 극복하는 일'인지도 모른다. 연필을 드는 일 자체가 쉽지 않음을 안다. 한 글자 쓰기조차 막막하다.

  괜찮다. 글 쓰는 모든 사람들의 시작은 한 문장이었으니까. 그들은, 그저 연필이 종이를 스치는 날을 많이 만들려 노력했을 것이다. 안 쓰는 날보다 쓰는 날을 늘려가며 날을 세운 결과가 그들일 것이다.

글을 씁니다
 - 나를 찾습니다

책 한 권이 나를 바꾸었고, 그래서 책이 좋아졌고, 그렇게 사람들에게 좋은 영향력을 주고 싶었다. 그래서 글을 쓰고 있다. 이제야 생각한다. 그토록 찾던 나의 파랑새가 '이 일'일 수 있겠다고.

  나에게 재능이 없어도 상관없다. 글쓰기는 하면 할수록 느는 거니까. 반드시 그렇게 되고야 마는 거니까. 무엇보다 '이 일'이 내게 가장 맞는 삶의 방식이라 믿는다.

글을 쓰면서 진정한 나의 모습을 찾고 있다. 글을 통해 복잡한 생각들을 정리하고, 객관적 시선으로 나를 돌아보고, 작지만 소중한 꿈을 이루고 있기에 가능한 일이다. 너무 다행이다.

글을 쓰고 나를 찾았다. 모든 이들이 같을 순 없겠지. 다만, 한 줄이라도 일기라도 쓰다 보면 바뀐다고, 쓰는 모든 사람들은 이야기한다. 삶의 고단함과 포부의 크기와 상관없이 글쓰기는 우리의 삶을 좋은 방향으로 이끌어 줄 거라 믿는다.

어느 사내아이

 - 누군가의 이야기

1.

사내는 사내답지 못했다. 어려서부터 작고 힘도 약했다. 그렇다고 또래를 이끄는 것도 운동을 잘하는 것도 아니었다. 운동이라곤 엄마가 보내준 태권도 학원이 전부였다.

태생부터 그랬는지, 사내답지 못한 것에 대한 부끄럼 때문이었는지 모르겠다. 언제부턴가 사내는 점점 자신감을 잃어갔다. 사춘기를 거치며 자존감도 함께 떨어졌다. 친구들과 자신을 비교하기 시작한 것이다. 불행

의 시작이었고, 이는 성인이 되어서도 행복에 대한 집
착으로 이어졌다.

자신을 사랑하는 법을 배울 수 없었다. 사내는 남자
고등학교에 진학하여 더 크고, 더 힘세고, 더 사내다운
친구들 사이에서 더 작아졌다. 소극적이었고 자신을
적극적으로 표현하지 못했다. 스스로 친구들과 멀어졌
다. 가족이 아닌 다른 사람들과 관계를 유지하는데 서
툴렀다.

사내의 부모는 사내를 아꼈다. 부모는 밤늦게까지 일
하며 건실하게 가정을 가꾸었다. 부모는 좋은 부모였
고, 사내는 누구보다 착한 아들이었다. 착하기만 한 게
문제였다.

2.

사내는 공부에 몰두했다. 머리가 비상했냐 하면 그것
도 아니었으니, 잘할 수 있는 게 그것밖에 없었다고 해

두겠다. 사내에게 공부는 자신과 타인을 잇는 끈이었다. 어른들에게 인정받는 방법이자, 친구들에게 자신의 존재를 표현하는 방법이며, 부모에게 착한 아들이 되는 방법이었다.

사내가 타인과 관계를 맺는 또 다른 방법은 '싸움을 만들지 않기'였다. 싸움을 만들지 않기 위한 전략은 '그들의 바람대로 하기'였다. 누군가 시킨 일은 정말 잘했다. 선생님이 내주신 숙제, 친구들의 부탁을 어기는 법이 없었다. 누구보다 타인을 배려하는 아이였다. 하지만 타인에 대한 지나친 배려는 자신에 대한 배신이란 걸 알지 못했다.

성실과 배려는 사내의 학창 시절을 압축하는 두 단어였다. 사내는 이 두 가지로 또래들과 관계를 유지하고 학업을 이어나갔다. 학교에서 자신만의 입지를 다졌다. 친구라고 부를 수 있는 또래가 조금은 있었고 존재감도 조금은 있었다.

3.

사내는 대학에 진학했다. 학창 시절에 다진 성실과 배려는 사내를 '착하고 공부 잘하는 아이'로 만들어주었다. 잘할 수 있는 게 공부밖에 없어서 했을 뿐인데, 대학에 갔다. 운이 좋았다. 적성과 재능에 대한 고민은 부족했지만, 대학에 갔다.

대학에서 만난 친구들은 더 거대했다. 그들은 사내보다 능력이 출중했다. 사내가 타인과 관계를 맺고, 스스로를 돋보이게 하는 게 공부였는데, 이 마저도 쓸모없게 되었다. 사내는 대학 생활이 썩 즐겁지 않았다.

결국 사내는, 거짓으로 자신을 부풀렸다. 술을 잘 마시는 사내인 척, 욕 잘하는 사내인 척을 했다. 그게 남자다운 모습이라는 믿음으로. 말 잘하는 척을 하다 말실수도 많이 했다.

성격은 고쳐지질 않았다. 어른이 되면 성격이 좋아질 거란 막연한 기대가 있었지만, 역시는 역시였다. 아주 어려서는 무대에서 노래도 부르고 했다는데. 커 갈수록 타인과 같은 공간에 있는 것이 불편했다. 친구들을 만나는 날에는 그들이 가진 것과 사내가 가지지 못한 것을 비교하며 괴로워했다.

4.

군대에 다녀왔다. 기억이 안 나는 건지, 기억을 안 하고 싶은 건지 모르겠다고 한다. 어쨌든 다녀왔다. 원하는 곳에 입사했다. 인생의 모든 고비를 넘었다고, 이제 행복할 일만이 남았다고 생각했다.

하지만 직장도 크게 다르지 않았다. 아니 더욱 사내를 힘들게 했다. 남녀의 구분이 확실했고 남자에 대한 기대가 컸다. 사내는 언제나 그랬듯, 성실과 배려를 무기로 일했고 그 대가로 더 많은 일을 받았다.

거짓으로 자신을 부풀리는 작업도 계속했다. 열심히 술을 마셨고, 열심히 권력에 비볐다. 술 먹을 줄 아는 사내에게 더 많은 술과 더 많은 회식자리와 더 많은 시간낭비가 허락되었다. 힘들 때마다 속으로 욕지거리를 내뱉었다.

성실과 배려는 사내를 성장시키고 사회에 입문시켰다. 동시에 사내에게 인생의 괴로움을 던져주었다. 행복하고자 달려왔건만 괴로움이 더 컸다.

5.

괴로움 때문에 찾은 것은 책이었다. 언젠가부터 책 앞에 홀로 앉아있는 자신이 행복하단 걸 깨달았다. 다행히 책을 통해 몇 가지 깨달음을 얻었다. 먼저, 모든 사내가 사내다울 필요는 없다는 것을 알게 되었다. '사내답게'보다 중요한 것은 '나답게'이었다. 사내답지 못해 온갖 괴로움을 충분히 겪은 후였다.

또 다른 깨달음은 타인에 대한 배려가 자신에 대한 배신이 될 수도 있단 거였다. 자신을 버려둔 이는 결코 행복할 수 없다. 사내는 진짜 '나답게' 사는 방법에 대해 탐구하기 시작했다.

사내는 결심했다. 자신을 성장시킨 성실과 배려를 버리기로. 그러나 이미 성격이 되어버린 후였다. 고민 끝에, 성실과 배려의 대상을 바꾸었다. 직장이 아닌 사내가 좋아하는 것에 성실하고, 타인이 아닌 자신을 배려하기로 결심했다.

6.

사내는 이제 술을 마시지 않는다. 남에게 잘 보이지 않기로, 그들의 바람을 들어주지 않기로 했기 때문이다. 자신을 버려두지 않기로 했기 때문이다. 술 마시는 모습은 자신의 진짜 모습이 아니었다.

사내는 이제 글을 쓴다. 책을 읽을 때의 자신이 좋은 것처럼, 글을 쓸 때의 자신이 좋았다. 행복했다. 글쓰기가 미처 몰랐던 자신의 재능이라 믿게 되었다.

사내가 글을 쓰는 또 다른 이유는 자신이 좋아하는

것에 성실하기로 했기 때문이다. 〈일간 서민재〉 연재를 약속했기 때문이다. 매일 또는 격일 간격으로 글을 쓰기로 했기 때문이다. 글 쓰는 모습이 자신의 진짜 모습이라고 믿기 때문이다.

  그렇게 사내는, 오늘도 글을 쓴다.

용산역에서

- 꿈을 찾는 사람들

"안녕하세요. 이거 잠깐 보고 가세요."

어느 월요일 저녁. 용산역 개찰구를 나오는데 누가 나를 불렀다. 여학생이었다. 고등학생 아니면 대학교 1~2학년 정도로 보이는 앳된 외모였다. 무슨 일이지, 하고 잠깐 멈춰 섰다.

"제가 이번에 공모전을 준비하는데… 재료비가 모자라서요…"

그러면서 은목걸이를 내밀었다. 수줍은 미소와 함께. 보통은 이런 행위에 거부감을 느끼던 나였다. 지하철의 불법 상행위는 물론이고, 여행지의 호객 행위는 더더욱 싫다. (그들의 능수능란함에 많이 휘둘려봐서 그런 거 같다.)

그런데 이번엔 달랐다. 여학생의 서툰 표정과 말투에 이끌렸다. 그녀의 어색함에서 순수와 진정성을 보았다. 무엇보다 보이지 않는 열정이 느껴졌다.

그녀의 이야기를 들어보았다. 알고 보니 대학에서 금속 공예를 공부하는 학생이었다. 몇 달 뒤에 있을 공모전을 준비 중인데 재료값이 모자란단다. 나는 이 쪽에 문외한이지만, 잠깐 생각해도 금속 재료를 사는데 돈이 꽤 필요할 것 같았다.

아주 잠깐, 의심했다. 학생의 얼굴을 다시 보았다. 금속을 디자인하고 조각하는 사람인지, 거짓을 디자인하는 사람인지 구분이 되지 않았다. 꿈을 위해 애쓰는 사람인지, 사기꾼인지 알 수 없었다. 내게는 아직 그런 혜안이 없었다.

"얼마예요?"

점점 안 사기 힘들어졌다. 여학생은 가판대도 없이, 자신의 손바닥에 놓인 은제품의 모양과 가격을 불러주었다. 생각보다 가격이 있었다.

다시 생각했다. 내가 하기엔 너무 앙증맞고 작은 목걸이였다. 아내는 원래 액세서리를 하지 않고, 엄마는 금속 알레르기가 있다. 그렇다고 주변에 선물하기도 애매했다. 필요치 않은 물건은 사지 않는다는 철칙이 있었지만 지갑을 열었다.

"그걸 왜 샀어?"라고 묻는다면 꿈 때문이라고 말하고 싶다. 내가 용산역에 있었던 이유는 나의 꿈 때문이었다. 월요일마다 서울에 간다. 내 꿈을 위해 퇴근 후 서울을 왔다 갔다 한다. 꿈을 가진 내게, 그녀 역시 꿈을 가진 사람으로 보였다.

한 사람의 꿈에 작은 기여를 했다는 마음에 뿌듯했다. 동질감도 들었다. 꿈의 모습은 다르지만, 꿈을 좇는다는 공통점이 있었다. 사실은 나도 이런 말을 하고 싶었다.

"저도 작가 되려고 책을 준비하고 있어요."

하지만 속으로 말했다. 좀 주책일까 싶어 그만두었다. 그리고 역에 있는 식당으로 향했다.

식사를 하면서 분주하게 왔다 갔다 하는 사람들을 보았다. 용산역에 있는 모든 사람들이 '꿈'으로 보였다. 그들은 무슨 꿈을 꾸며, 어디로 가고 있는 걸까? 각자가 간직한 꿈의 형태와 크기는 어떠할까? 각자가 간직한 그것을 얼마나 소중히 여기고 있을까?

다시 개찰구로 향했다. 늦은 저녁도 해결했으니 이제 집에 갈 일만 남았다. 그런데 이번엔 다른 여학생이 비슷한 작품을 내게 내밀었다. (아마 같은 대학에서 오지 않았나 싶다.) 나는 또 다시 여학생 앞에 섰다. 미안하지만 그것까지 살 순 업었다.

자초지종을 설명했다. 두 번째 만난 학생을 뒤로하고 기차로 향했다. 두 사람의 것을 모두 사주진 못하지만, 두 사람의 꿈을 모두 응원한다는 말도 잊지 않았다.

생각해보지 못한 문제

- 써야 생긴다

어느 기자가 한 유명 인사에게 물었다.

"최근 불거진 이 논란에 대해 어떻게 생각하십니까?"

생각이 확고하기로 이름난 그 유명인은 이렇게 답했다.

"그 문제에 대해선 뭐라 말씀을 못 드리겠네요. 왜냐하면 아직 거기에 대해 한 번도 글을 써보지 않았거든요."

원하던 얘기가 아니어서 그 기자는 실망했을까? 아마도 아닐 것이다. 가십거리보다 더 중요하고 본질적인 무엇에 대한 실마리를 잡았기 때문이다. 글쓰기와 사고 방법의 관계가 그것이다.

나는 바보였다. 생각도 의견도 없는 사람이었다. 그래서 남을 따라다니기만 했다. 발에 치인 오뚝이처럼 이리저리 왔다 갔다 했다. 공허한 시간들로 삶의 많은 부분을 채웠다.

오뚝이가 중심을 잡은 건 글쓰기 덕분이었다. 글을 쓰면서 조금씩 생각의 근육이 생겼다. 의견이라는 게 생겼다. 글쓰기 이전에는 책 읽기, 책 읽기 이전에는 메모가 있었지만, 결정적으로 나를 일으켜 세운 것은 글쓰기였다. 덕분에 오랫동안 흔들리던 시간들이 나름의 의미를 갖게 되었다.

자신의 생각을 정리해야 글을 쓸 수 있다. 글을 쓰려면 필연적으로 생각을 해야 한다. 대단하든 사소하든, 생각 없이 글을 쓸 수는 없는 법이다. 글을 쓰다 보면 문제가 명확하게 보인다. 운이 좋다면, 글을 쓰다 부족한 자신의 생각을 메꾸기 위해 책을 펴는 기적을 경험할 수도 있다. 읽지 않고 쓸 수는 없기에.

혹시 잦은 말실수 때문에 고민이라면, 글쓰기가 도움이 될 수 있다. 바로 내뱉는 말에는 편견과 선입관이 개입되기 쉽다. 글쓰기는 생각을 정리하고 말의 불순물을 정제하는 시간을 선사한다.

전혀 생각해보지 못한 문제 때문에, 답이 없는 문제들로 머리가 복잡한가? 삶의 방향성 때문에 고민인가? 그렇다면 일단 적어보자. 휘발되는 생각의 끄트머리를 잡고 산발적으로 퍼지는 머릿속 생각을 글로 붙잡아두자. 글을 써야 생각이, 의견이, 삶이 생긴다.

글쓰기는 생각하는 힘을 길러주는 아주 좋은 도구라는 것을, 그 유명인은 에둘러 이야기하고 싶었던 건 아닐까.

민트 음료 한 잔이 내게 알려준 것
- 나는 과연 나를 알고 있는가?

주말을 맞아 근처 카페에 갔다. 아내와 함께였다. 봄을 맞은 노랑과 분홍의 꽃들이 좋았다. 햇살이 쨍하지 않아 좋았다. 주말의 햇살은 평일의 그것보다 확실히 평온한 구석이 있다.

강가에 위치한 작은 카페였다. 예전에 왔다가 기억해 둔 곳이었다. 아내는 흐르는 바람과 강의 모습에 감탄했고, 나는 뿌듯했다. 카페 앞에서 봄 냄새를 조금 맡고 우리는 '오더 히어' 앞에 섰다.

"안녕하세요. 주문 도와드릴까요?"

카페지기가 물었다. 결정장애 부부는 꽤 고민하다 주문했다. 아내는 시그니쳐 라떼, 나는 생크림이 올라간 민트 음료를 주문했다.

"민트 괜찮으시겠어요? 손님에 따라 호불호가 갈리는 음료라서요."

카페지기가 다시 물었다. 아내가 옆에서 키키득 거리며 '치약 맛' 운운했다. 아직 아내는 남편의 취향을 이해하지 못하지만 나는 민트가 좋다. 목에 찬바람이 스치는 듯한 느낌이 좋다. 내게 목구멍이 있음을 확인시켜주는, 그러면서 약간의 각성을 주는.

"네 맞아요. 약간 치약 느낌이 나긴 하죠. 어떤 분은 멘소래담 같다고도 하시더라고요. 하하."

카페지기는 마지막까지 내가 주문한 음료를 부연 설명했다. 그의 멘소래담이란 말에 흠칫, 하긴 했지만 그냥 주문했다. 번복하기도 부끄럽고 민트를 정말 좋아하니까.

음료가 나왔다. 나의 민트 음료는 초록과 연두의 빛깔이었다. 음료의 색 마저 내 스타일이었다. 빨대를 꽂아 한모금 쭈욱 빨았다. 그런데 생각 같지 않았다.

한모금 다시 빨았다. 머리 뒤쪽으로 슬라이드 몇 장이 스쳐갔다. 아내가 치약을 운운하던 모습, 카페지기의 멘소래담 경고, 마지막으로 '네 주세요'를 자신 있게 외치던 나. 방금 전 상황이 메아리쳤다.

한모금 다시 빨고 생각했다. 목구멍이 확장되는 느낌. 나는 왜 실패한 것인가. 내가 메뉴 주문에 실패한 이유는 무엇인가. 한번 더 빨았다. 식도가 이쯤 있었구나 싶었다. 내가 언제부터 민트를 좋아했지? 나의 과거를 돌아봤다.

내가 처음 민트 음료에 손을 댄 건 '민트초코 할리치노'였다. 어느 브랜드 커피 전문점에서였다. 살얼음 민트 음료에 진한 아이스 초코가 더해진 메뉴였다. 알싸하고 달달하고 종종 씹히는 초코칩이 재미있는 메뉴였다. 아마도 이때부터였다. 내가 민트를 찾기 시작한 건.

다시 생각했다. 내가 정말 민트를 좋아하는 게 맞나? 정확하게 민트초코를 좋아한 건가? 아니. 그냥 아이스 초코처럼 단 음료를 좋아한 건 아닐까? 화한 느낌이 좋은 걸까? 목캔디를 입에 넣고 물을 한 잔 마셔본다. 역시 화한 느낌이 좋다.

그제야 알았다. 나는 그저 '목이 화한 느낌'을 좋아하는 사람이었다. 민트는 정확한 나의 취향이 아니었다. 그런데도 무려 7년 동안 민트를 좋아한다는 착각을 하고 있었다.

내가 처음 '민트초코 할리치노'를 마셨을 때 누군가 그랬을 것이다. 너 민트 맛 좋아하는구나. 나는 아마도 먹을 만하다며 고개를 끄덕였을 거다. 정확한 나의 취향도 모른 채. 그렇게 나는 자타가 공인하는 민트 애호가가 되었는지 모른다.

이런 의문이 든다. 내가 알고 있는 나의 취향이 정확한 것인가. 더 나아가, 나는 과연 나에 대해 정확하게 알고 있는가. 가장 가까우면서도 가장 알기 힘든 것, 그게 자기 자신이라는 생각이 드는 요즘이다.

어떤 일을 선택할 때도 이런 경우가 종종 있다. 내가 좋아하는 거라 생각하고 선택했는데 아닌 경우 말이다. 이런 일이 '취미'일 경우 그만두면 되지만, 이런 일이 '직업'일 경우 괴로워진다. 나중에 보니 아닌 경우, 막상 겪어보니 생각 같지 않은 경우는 생각보다 많다. 스스로 한 선택이 스스로를 힘들게 한다는 사실이 더욱 괴롭다.

나를 힘들게 하지 않으려면(그리고 행복하려면), 나를 철저하게 알아야 한다. 나를 끊임없이 찾고 나를 공부해야 한다. 이것이 민트 음료 한 잔이 내게 알려준 깨달음이다.

　아마도 나를 찾는 여정은 쉽게 끝나지 않을 듯싶다. 쉬운 일이었다면 모두가 행복한 삶을 살고 있겠지. 그러니 더욱 가열차게 나를 찾아봐야지.

　온갖 다짐을 하며 부엌으로 향했다. 온종일 민트 사탕을 굴리던 입에 냉수 한 잔을 밀어 넣었다.

오늘도 나는 내 책을 샀다
 - 불쌍한 내 새끼

취미가 뭐냐는 질문을 받으면 독서라고 답한다. 별다른 취미가 있지도 않거니와, 독서는 취미로 삼기에 그럴듯해 보인다. 사실 다독을 권장하는 사람들은 독서를 취미로 삼지 말라고 한다. 독서는 일상이자 숨 쉬는 것처럼 삶의 일부여야 한다는 것이다. 나는 아직 그 정도 경지에 이르지 못했다. 따라서 내 취미는 독서이다.

　책을 읽으면 삶이 변한다는 말에, 책을 읽기 시작했다. 퇴근 후 조금씩 책을 읽었다. 독서에 흥미를 가지면서, 좋은 책을 읽으면서, 나도 책을 쓰고 싶다는 막연한 기대를 품었다. '내 이름으로 된 책 내기'는 언젠가 꼭 이루고 싶은 인생 버킷리스트 중 하나였다.

이 막연한 기대는 어느 해의 목표가 되었다. 그 해의 어느 순간부터 나는 책에 대해 고민하기 시작했다. 그러길 일 년. 마침내 많은 사람들의 도움을 받아 '내 책'이 출간되었다. 주제 선정, 자료 수집, 원고 집필, 원고 투고, 출판사 미팅, 계약 및 출간까지 긴 여정이었다.

생전 처음 겪어보는 새로운 경험들이 나를 흥분시켰다. 출판사에서 작가라는 호칭으로 나를 불렀고, 진짜 대단한 사람이 된 것 같았다. 이 새로운 경험이 새로운 직업이 될 수도 있겠다 생각했다.

자식 같은 내 책이 출간되고 나서는 매일이 흥분이었다. 아침에 눈을 뜨면 예스24 앱부터 열었다. 앱을 열고 내 책을 검색하고 판매지수를 체크했다. 판매지수가 껑충 뛰기를 매일 바랐다. 그러나 판매지수는 나의 기대를 한참 밑돌았다.

처음의 흥분은 실망이 되었다. 왜 내게 이런 시련이 오나 생각했다. 판매량을 늘리기 위해 나름 여러 시도를 해봤다. 서점에 직접 방문해 책을 홍보했다. 작은 강연회도 열어보았다. 주요 인터넷 서점을 돌며 내가 내 책을 주문했다. 근처에 서점이 보이기만 하면 들어가 내 책을 샀다. 내가 직접 구매한 것만 족히 200권은 되는 것 같다.

결국 새로운 경험은 새로운 직업이 되지 못했다. 그저 경험에서 마무리되었다. 요새도 가끔 예스24 앱을 열고 내 책을 찾아본다. 오늘도 서점에 들러 내 책을 샀다. 구석에 있는 내 새끼를 보면 안쓰러워 자꾸 사게된다.

예전 어느 방송에서 들은 이야긴데, 어느 가수가 레코드 가게에 본인 앨범이 재고처럼 쌓여있는 걸 보았단다. 그리고 그 가수는 가진 돈을 털어 앨범 20장을 그 자리에서 샀다고 한다. 당시에 나는 저 가수 참 불쌍하네, 라고 생각했다. 그런데 오늘 서점에서의 내 모습이 바로 그의 모습이었다.

나의 바람은 그저 헛바람이었다. 첫 술에 배부르길 기대했던 내가 잘못이었다. 지금 생각해보면 건방졌다. 겨우 졸저 한 권으로 인생역전을 꿈꾸다니. 소중하고 작은 성취에 감사하며 다음을 준비했어야 했다. 멀리 보고 겸허했어야 했다.

27년의 옥고를 치르고 남아프리카 공화국 최초의 흑인 대통령으로 당선된 넬슨 만델라에게 누군가 물었다. 어떻게 그 긴 세월을 감옥에서 견뎌내었냐고. 넬슨 만델라는 이렇게 답했다.

"난 견뎌낸 게 아니라오, 준비하고 있었던 거지."

더 좋은 책을 쓰기 위해 앞으로도 노력할 것이다. 꾸준히 읽고 쓰고 나아갈 것이다. 헛된 바람은 버리고 나의 때를 기다릴 것이다. 나는 지금 힘들지 않다. 견디는 게 아니기 때문이다.

난 그저, 다음을 준비하고 있을 뿐이다.

퇴임식에서 들은 뜻밖의 이야기
- 아직도 무엇인가를 찾고 있었다

퇴임식은 오랜만이었다. 연회장에 조금 일찍 도착해 오늘의 주인공과 마주 앉게 되었다. 퇴임하는 선배님의 얼굴은 밝았다.

　이런저런 사담을 나누다, 조심스레 여쭤보았다. 이전부터 궁금했지만 선뜻 하지 못했던 말이었다. 실례가 될까 싶어 단어 선택에 주의를 기울였다.

　"선배님 혹시, 퇴임 후에 계획이 있으세요?"

　"응, 일단은 좀 쉬어보려고요."

끄덕끄덕. 수십 년간 달려오셨으니 쉬는 것도 방법이 될 수 있겠다. 내게도 언젠가 이런 순간이 오겠지 생각했다. 그런데 뜻밖의 말씀을 하셨다.

"쉬면서 내가 좋아하는 거 찾아보려고요. 아직 내가 뭘 좋아하고, 뭘 잘하는지 모르겠어."

나는 어떠한 말도 하지 못 했다. 어떤 충격이 내 머리에 와 닿았다.

'내가 뭘 좋아하고 뭘 잘하는지'는 근래 내가 고민하는 문제였다. 몇 년 안에 찾아지겠지, 라는 생각으로 살고 있는데 까마득한 어른에게 이런 말을 듣게 될 줄은 몰랐던 것이다.

30년 넘게 일하고 아이들을 키웠다고 하셨다. 직장과 가정을 돌보느라 자신을 돌아볼 겨를이 없었다고 하셨다. 나는 참담함과 연민을 느꼈다. 하지만 그저 고개만 끄덕였다. 어설픈 위로가 건방짐이 될까 싶어 그만두었다.

　참, 쉽지 않다 생각했다. 나를 찾는 일이 어려운 줄은 알았지만 이토록 오랜 시간과 노력이 필요한 일이었던가. 다시 한번, 지금 하고 있는 나를 찾는 작업을 멈추지 말자고 다짐했다.

　퇴직, 아니 퇴사 전에 찾을 수 있겠지? 꼭 그래야지. 반드시 그래야지. 기필코 그래야지.

　연회장을 나와 자가용에 시동을 걸었다. 평소보다 핸들을 꽉 쥐었다. 핸들을 잡은 두 주먹을 불끈 쥐어 보았다.

보잘것없는 편지를 썼다

- 나의 큰 이모

아마 중학생 때였나. 국어 과목 숙제였는지 교내 행사였는지 기억은 없다. 어쨌든 나는 편지를 썼다. 내 주변의 소중한 사람에게 편지를 쓰는 거였다. 편지지에 빼곡히 글자들을 채워 나갔다. 내용은 기억이 안 난다. 다만 그 편지지가 지나치게 노랬다는 기억만은 선명하다.

쓰라고 하니, 책상에 앉아 정해진 분량을 꽉 채웠을 뿐이다. 그렇다고 대충 쓴 편지는 아니었다. 자발성은 부족했지만 소중한 사람에게 쓴 건 맞으니까. 그리곤

잊었다. 내가 편지를 썼다는 사실과 그 구체적인 내용을. 그저 편지는 아주 노란 색이었다.

나중에 알게 되었다. 그 편지가 나의 엄마를 통해 나의 큰 이모에게 전달되었다는 사실과 나의 이모가 나의 보잘것없는 편지에 눈물을 보였다는 사실을. 나중에야 더 정성 들여 쓰지 못한 걸 후회했다. 싸구려 볼펜과 삐뚤빼뚤 손글씨를 후회했다.

나를 많이도 돌봐주시고 많이도 아껴주신 나의 큰 이모. 갑자기 팔이 빠진 어린 나를 데리고 엄마 몰래 병원에 간 기억을 수차례 복기하는 이모. 내가 착하다는 이모. 아주 가끔 전화드리면 '너 힘들어서 어떡하니 민재야'를 반복하는 이모. 큰 이모지만 큰 이모라고 부르지 않는 이모. 나만의 별칭 있는 이모. 아마도 이 세상 어디에도 없을 별칭일 상기 이모.

명절이 되면 이모를 뵌다. 그제야 자주 전화드리지 못한 게 죄송스럽다. 막 염색한 듯 지나치게 검은 머리는 날 울렁이게 한다. 이젠 내가 눈물을 보일 차례일지 모른다고 생각한다.

벌써 꽤 오래전, 내가 편지를 쓰던 딱딱한 책상과 노랗도록 아린 마음은 지워지지 않는 기억이다.

인생 참 쓰더군요

남 일을 뒤집어쓰고
남을 위해 나를 모두 써 버렸습니다

나를 잃었습니다
홀로 마음쓰며 울었습니다

그래서 썼습니다
쓰지 않을 수 없었습니다

또 다른 '쓰다'

쓰다

.

.

.

무릎, 쓰다
- 기꺼이 내어준 사람들

'무릅쓰다'를 '무릎쓰다'로 잘못 쓴 적이 있다. 힘든 일을 감수한다는 의미의 '무릅쓰다'와 누군가 '무릎'까지 꿇어가며 고생하는 모습이 절묘하게 겹쳤다. 나 혼자서, 두 단어가 어원적 연관성이 있다는 결론을 내리고 그렇게 썼던 것 같다. (실제로는 두 단어가 아무런 관련이 없다고 한다.)

아닌 걸 알았지만 자꾸 '무릎쓰다'로 쓰고 싶어진다. 쭈그려 앉아 걸레질하다 무릎이 아파올 때면 그렇다. 뛰다가 무릎 관절이 아파올 때면 그렇다. 가끔 무릎을

식탁에 부딪힐 때도, 괜한 억지를 부리고 싶다.

이런 억지가 최고조에 이를 때는 내 무릎이 아닌 타인의 무릎을 마주할 때다. 자신의 무릎을 내어줄 정도로 위험을 무릅쓴 사람들을 볼 때. 세상이 팍팍하다지만 자신을 기꺼이 내어주는 사람들이 있다.

세월호 침몰 사고 당시 많은 잠수사들이 그랬고, 숱한 화재 현장의 소방관들이 그랬다. 그들은 위험을 무릅쓰고, 타인의 생명과 안전을 위해 자신의 무릎 그 이상을 내주었다. 그들의 노고와 희생을 겨우 몇 글자에 담아낸다는 게 죄송할 따름이다.

코로나19 사태로 세상이 시끄럽다. 전 국민이 불안을 호소하고 있다. 이런 시국에도 위험을 무릅쓰는 이들이 있다. 방역 및 의료 현장의 사람들, 관련 부처의 공무원들. 그들은 사태 수습을 위해 최선의 노력을 기울이고 있다.

기꺼이 자신을 내어준 사람들. 분명 우리는 이들에게 빚을 졌다. 우리는 이 사람들을 기억해야 한다. 당장 대구로 달려갈 상황이 안되기에, 나 스스로를 내어 줄 용기가 없기에, 나는 더욱 이들을 기억할 것이다. 안간힘을 다해 잊지 않을 것이다.

묘를 쓰다
- 미리 쓰는 유언장

"나는 오늘 죽기로 했다."

어느 피디가 '죽음 체험 센터'를 방문했다. 영정 사진을 찍고 유서를 쓴다. 저승 계단을 올라 어두운 관에 눕는다. 산 사람들이 제 발로 관에 들어간다. 저승사자는 관 뚜껑을 닫는다. 쾅. 못이 박힌다. 텅텅텅. 여기저기서 울음이 터진다.

취재 피디는 말한다. 죽음 체험을 통해 남은 삶을 새롭게 설계하고, 마음의 상처를 치유할 수 있다고. 죽음을 통해 더 잘 살아갈 힘을 얻는다는 것이 참 아이러니하다. 죽음은 어떤 힘을 갖고 있다. 그 힘은 우리를 경건하게 한다.

완전한 어둠. 경험하지 못한 적막. 관 속에서 나는 어떤 생각을 하게 될까? 관에 누운 나는 어떤 시간을 경험할까? 나의 육신은 얼마나 공허해질까?

눈을 감고 나의 죽음을 그려본다. 나의 영정 사진이 있는 나의 장례식. 누군가는 눈물을 보이고 누군가는 조용히 육개장을 뜬다. 그들은 나를 어떻게 기억할까.

저기, 누군가 나의 묘를 쓰고 있다. 관 위로 흙이 덮인다. 툭. 흙의 무게가 더해진다. 투둑. 어느 정도 흙이 채워지자 장정 너댓이 원을 그리며 그 흙을 밟는다. 땅이 다져진다. 다시는 나올 수 없다. 엉엉 우는 가족들이 보인다. 목이 메어 생각을 멈춘다.

죽음 앞에 선 모든 것이 의미를 상실한다. 돈, 명예, 성공은 아무 의미가 없다. 반대로 죽음 앞에서는 작고 당연한 것들이 소중하다. 내 곁이 되어주는 사람들. 평범한 일상. 어제 먹다 남은 와인까지. 우리는 죽음에 가까워야 비로소 삶의 중요한 가치를 깨닫는다.

종종 죽음을 떠올려 볼 것이다. 내가 지금 가진 것들이 얼마나 소중한지, 가지지 못하더라도 숨 쉴 수 있는 지금이 얼마나 가치로운지 복습할 것이다. 죽음 앞에서 사랑할 힘과 살아갈 힘을 얻을 것이다.

죽음 체험을 마친 피디의 마지막 말은 이러했다.

"나는 오늘 살기로 했다."

애쓰다

 - 지금까지, 애썼다

어려서부터 계속 무언가를 찾았다. 뚝딱하면 뭐든 나오는 그런 도구 말이다. 도깨비 방망이처럼 원하는 것은 뭐든지 얻게 해주는, 살아가는 내내 나를 행복하게 만들어주는 무엇을 말이다. 어지간히 행복하고 싶었던 모양이다.

 행복하게 잘 사는 법, 부와 성공의 비밀, 최고의 자리에 오른 사람들의 습관 따위를 끊임없이 탐닉했다. 실은 아직 탐닉 중이다. 나도 모르는 결핍이 있는 걸까. 여기에 대한 집착을 끊을 수가 없다.

부단히 애썼다. 행복을 만드는 뭔가가 있을 거라 생각했다. 그 방법이, 그 도구가 궁금했다. 완벽한 삶의 근본에 흐르고 있을 하나의 무엇. 나의 인생은 이것을 찾기 위한 여정이었는지 모른다.

처음엔 '노력'이면 모든 문제가 해결될 줄 알았다. 학창시절은 성공적이었다. 노력으로 취업과 안정적인 삶까지 얻었다. 그러나 결국 노력에 배신당했다. 죽어라 노력만하다 길을 잃었다. 삶의 방향성을 잃었다.

더 본질적인 문제에 집중하기로 했다. 내가 뭘 좋아하고, 뭘 잘하는지 알고 싶었다. '자아'를 찾으면 완전한 행복에 이를 거라 생각했다. 이런저런 시도를 해보았다. 하지만 생업과 자아를 모두 챙기기엔 절대적인 시간이 부족했다.

충분한 '시간'만 주어진다면 무엇이든 이룰 수 있을 거란 결론에 도달했다. 시간의 부족은 역설적으로 시간에 더 매달리게 만들었다. 시간만 충분하다면 돈도 행복도 내 것이 될 것 같았다. 그래서 생산성을 높이고, 혼자만의 시간을 갖기 위해 애썼다. 덕분에 평범한 일상을 잃었다.

이제 나는 '일상'에 대해 고민하고 있다. 일상에서 행복을 발견하고, 그 일상을 유지하며 원하는 것을 얻을 순 없을까에 대해 고민 중이다.

절대 반지는 없었다. 노력, 시간, 돈. 그 어느 것도 내가 찾던 하나의 무엇이 아니었다. 세상은 그렇게 단순하지 않았다.

어쩌면 하나만 찾은 게 잘못이었다. 내가 찾던 무언가가 그것들의 균형점이 어디쯤 있을거란 추측을 하는 지금이다. 그토록 방황하고 그토록 애써서, 나는 지금에 도달했다.

당신의 지금까지가 궁금하다. 그간 얼마나 방황하고,
얼마나 애썼는가? 당신은 삶의 어디쯤 서있는가?

어떤 대답도 좋다.

여기까지 온 것만으로 당신은 충분히 애썼으니까.
하는 데까지 했던 거니까.

떠나는 당신 앞에
더 좋은 날들이 놓이기를

당연한 사람들과의
사소한 시간들이
더 가치있기를

덜 쓰거나 더 쓰는 날들이
이어지기를

비로소 당신답기를

여전히 오늘은 씁니다

1판 1쇄 발행 2020년 6월 1일

지은이 서민재

펴낸이 서형열 | **펴낸곳** 한평서재

교정 안현옥

감수 송옥남

사진 서성수

출판등록 2020년 2월 20일 제352-2020-000004호

전자우편 spc4seo@gmail.com

ⓒ 서민재, 2020

ISBN 979-11-970622-0-9